Defloration Deluxe

Das Titelbild steht in keinem Zusammenhang mit dem Inhalt des Buches.

1. Auflage 01/2016

Schäferweg 14, 24941 Flensburg

E-Mail: info@stephenson.de
Internet: www.stephenson.de
Druck & Bindung: CPI – Clausen & Bosse, Leck

ISBN 978-3-7986-0772-9
0140910 0000 • 192 Seiten

DEFLORATION DELUXE

Entjungferung einer unschuldigen Sklavin

ANDINE STEFFENS

EROTISCHER ROMAN

„Alles, worauf die Liebe wartet, ist die Gelegenheit."
(Miguel de Cervantes)

In Dankbarkeit allen meinen Lieben.
Ihr seid wunderbar!

1. KAPITEL

„Autsch …! Verflucht …!“ Ich hasse diese miefige Schrottkarre. Gerade hüpfe ich wimmernd auf einem Bein herum, weil ich meiner angestauten Wut Luft machen musste und gegen den schäbigen Reifen trat, ohne über mögliche Folgen nachzudenken. Dieses Mal ist es die alte Batterie, die das Zeitliche segnete. Mitten im Sommer! Dabei war unser Opel Corsa, Baujahr 1993, vor nicht einmal vier Tagen in der Werkstatt. Die Rechnung für eine reparierte Ölpumpe riss ein klaffendes Loch in unsere ohnehin recht magere Haushaltskasse.

Ich fluche wenig ladylike. Doch der dunkelgrüne Horrorwagen gibt trotzdem keinen Mucks mehr von sich. Oh Shit! Und dabei hat Mama, Anne Wolmershain, mal ausnahmsweise frei. Sie muss heute also nicht nach Berlingshaimig fahren, um in ihrem stressigen Billigsupermarkt zu schuften. Da wollte ich die Gelegenheit beim Schopfe packen, mir den Wagen krallen und ein paar überfällige Besorgungen machen. In unserem winzigen Kaff gibt es nämlich nichts, außer ein paar bröckelnde Dreiseitenhöfe, einen winzigen, verdreckten Dorfteich, tatsächlich eine Kneipe mit dem überaus passenden Namen „Zum Spitzbuben“ und einen kleinen Neubaublock, in dem wir wohnen und nur mühsam eine

60 Quadratmeter große Dreizimmer-Eigentumswohnung abzahlen. Wir sind leider nur zu zweit. Papa verunglückte bei seinem Job als Fernfahrer vor vier Jahren und nun müssen Mama und ich, Maila Wolmershain, irgendwie alleine klarkommen. Das geht schon und wir haben uns damit arrangieren müssen!

Doch das Schlimmste ist, wir hängen hier fest. Ohne funktionierendes Auto erst recht! Ich komme mir manchmal vor, als lebten wir in Verbannung. Doch in dieser Gegend kauft uns keiner eine Eigentumswohnung mit einem so mickrigen Standard ab und ich frage mich jetzt noch, warum sich meine Eltern damals für dieses öde Nest entschieden. Damals wohnten Papas Eltern noch hier. Wahrscheinlich war das der einzige Grund. Doch die zogen vor zwei Jahren in ein hübsches Seniorenheim nahe Leipzig. Opa hat eine schlimme Demenz entwickelt und Oma leidet unter den Folgen eines Schlaganfalls. Sie brauchen rund um die Uhr Intensivpflege, die Mama wegen ihres Fulltimejobs nicht leisten kann.

Das Schicksal meinte es bisher nicht besonders gut mit uns. Das muss endlich anders werden. Mein erkämpftes Einserabitur soll mich retten und den Weg in die Medizin ebnen. Ich arbeite bereits seit fast einem Jahr ehrenamtlich im städtischen Krankenhaus. Mein allerbeste Freundin, Hannah Fritzenbacher, ist als examinierte Krankenschwester im St. Elisabeth beschäftigt und nimmt mich dreimal wöchentlich mit in ihre Schicht. Ich liebe diese Arbeit wirklich sehr und ich brauche das Praktikum als Studienvoraussetzung. Im

Oktober werde ich dann endlich mein Medizinstudium im cirka 40 Kilometer entfernten Leipzig beginnen. Doch bisher habe ich weder einen fahrbaren Untersatz, noch kann ich mir eine einfache Studentenbude leisten.

Ich hänge hier fest. Es ist zum Haare ausraufen. Busse fahren nur sporadisch und ein Taxi kann ich mir nur ab und zu leisten. Die BAföG-Bewilligung ist auch noch nicht durch. Doch wenigstens habe ich seit einer Woche die Bestätigung für meinen Studienplatz in der Tasche. Jetzt brauche ich dringend ein gigantisches Wunder, welches meine mobile oder finanzielle Situation bessern könnte. Doch das lässt bisher auf sich warten und die Zeit rückt unaufhaltsam näher.

Mama seufzt, wenn ich sie vorsichtig darauf anspreche. Ich traue mich nicht, sie noch stärker zu bedrängen. Denn manchmal höre ich sie nachts weinen und das tut mir unsagbar leid. Sie weiß im Moment auch nicht weiter und so suche ich weiterhin krampfhaft nach einen machbaren Ausweg. Vielleicht kann ich ja mit dem hiesigen Schulbus in die nächste Stadt gelangen und fahre dann mit der Bahn weiter. Doch in den Ferien wird es wieder brenzlig. Dann fällt diese Möglichkeit ersatzlos weg. Meine Gedanken machen mich knurrig. Am liebsten würde ich nochmals gegen das Rad treten. Doch in meinem lädierten Zeh pocht es bereits wie verrückt.

Plötzlich hupt es zweimal kräftig von der Straße her. Ich fahre erschrocken herum und schiele neugierig um die Ecke. Ein gelöstes Lächeln schleicht sich in mein Gesicht. „Hey, Kai, dich schickt der Himmel!“, rufe ich in Richtung seines dunkelroten Audi A3 Sportback, der jetzt frech mit zwei überbreiten Reifen auf dem Fußweg parkt und aus dessen heruntergefahrener Scheibe sich ein blondierter Kopf schiebt.

„Hallo, Maila, hatte gerade einen niedlichen Anruf von einer Anna Wolmershain. Ich soll dich retten kommen und aus dem Hinterweltlerland abholen. Wie könnt ihr nur in so einer gruseligen Einöde wohnen! Das werde ich wohl nie kapieren. Hopp, hopp, beweg deinen süßen Arsch in meinen Audi! Ich muss zur Arbeit und bin schon extrem spät dran, Puppe“, flötet er fröhlich und lässt dabei seine beringte Hand mehr als übertrieben hin und her fuchteln. Spätestens jetzt wüsste jeder unfreiwillige Beobachter, dass Kai Banert stockschwul ist. Ich muss erleichtert grinsen und schiebe mich flink auf den ledernen Beifahrersitz.

Sofort schlägt mir ein extrem süßlicher Duft entgegen und lässt mich angewidert nach Luft schnappen. „Igitt, hier riecht es aber echt schlimm nach Vanille!“, rümpfe ich die Nase und ernte ein pikiertes Lächeln aus seiner Richtung. „Hey, Süße, ich muss schließlich den Geruch von hemmungslosen Sex übertünchen. Was denkst du, warum ich so spät dran bin. Aber es gibt einfach nichts Besseres als einen harten Schwanz vor der Arbeit. Das entspannt mich und macht den Tag erträglicher!“, eröffnet er mir ungeniert und ich lasse erschrocken meinen Blick umherschweifen, ob ich mich vielleicht gerade irgendwelchen Resten männlicher Liebespiele aussetze.

Doch Kai ist nicht nur so was von schwul, sondern auch das Mädchen in der Liebe. Er erfüllt wohl alle Klischees in dieser Richtung, inklusive peinlichem Putzfimmel und, ja, er arbeitet tatsächlich als Friseurmeister im eigenen Salon. Daher kenne ich ihn auch. Er frisiert mir seit meinen 18. Geburtstag das hüftlange Haar und verbietet mir eindringlich, es jemals einem anderen als seiner Wenigkeit anzuvertrauen. Seine Konkurrenten wären doch allesamt nichtsnutzige Stümper! So sein strenger Tenor, während er die manikürten Finger bewundernd in meine hellblonde Haarpracht versenkt und genießerisch zu einer Frisur ordnet.

Ich glaube ihm und bekomme stets einen günstigen Preis, obwohl er in der Stadt bereits Kultstatus besitzt und sogar prominente Kundschaft bedient. Als Gegenleistung mime ich auch ab und zu sein Haarmodel oder lasse mich von Auszubildenden als Prüfungsobjekt missbrauchen. Kai meint schnurrend, er liebt mich wie eine kleine Schwester, und ich mag ihn als echten Freund, obwohl er mich öfter schockiert, als meine armen Nerven aushalten können. Er ist so unglaublich offen in seiner Ausdrucksweise, besonders wenn es um das leidige Thema Sex geht. Wenigstens theoretisch kenne ich mich nun aus.

Kai kann einfach nicht fassen, dass ich mit 20 Jahren noch immer als verstaubte Jungfrau herumlaufe und keinen Freund, nicht mal einen mickrigen Geliebten habe. Er meint, das wäre pure Verschwendung und völlig unnormal. Womit er wahrscheinlich auch recht hat.

Seitdem er das weiß, versucht er mich ständig an den potenten Mann zu bringen. Doch ich habe im Moment wirklich kein Interesse am anderen Geschlecht. Außer Küssen und ein paar harmlosen Fummeleien kann ich auf keinerlei sexuelle Erfahrungen zurückgreifen und fühle mich irgendwie gehemmt, sobald ein Typ merkliches Interesse anmeldet. Und das sind bei Gott nicht wenige. Ich weiß zwar nicht, was die Männer in mir sehen, doch sie lechzen mehr als begierig, sobald ich ihr Sichtfeld kreuze. Das ist mir jedoch äußerst unangenehm.

Vielleicht liegt das ja an Mamas und meinem abgeschiedenen Lebenswandel. In der Schule hatte ich nur Lernen im Kopf. Ich wollte dieses Einserabitur unbedingt. Irgendwie wusste ich, nur so bekomme ich die Fahrkarte, um aus meinem beschränkten Leben zu fliehen. Gut, ruckzuck bin ich 20 geworden und im Winter, direkt am Heiligen Abend, werde ich 21. Doch hoffentlich darf ich mich dann Medizinstudentin nennen und von mir aus auch erwachsen genug fühlen, um für die körperliche Liebe bereit zu sein. Das wird sich zeigen.

Kai plappert, während ich meinen zähen Gedanken nachhänge, unbeeindruckt auf mich ein. „Maila, ich hatte doch gestern wieder diese geile Sexclubchefin aus der 'Venusfalle' bei mir im Salon. Ich muss dir erzählen, was die regelmäßig veranstalten. Wenn ich so eine süße Jungfrau wäre wie du, dann würde ich mir das nicht entgehen lassen, Schätzchen. Du könntest dein kleines Problem loswerden und ein neues Auto springt auch noch dabei heraus. Willst du es hören?“, sprudelt es aus ihm heraus und seine hellblauen Augen funkeln dabei wie Blitzlichtgewitter auf dem roten Teppich.

Ich runzle nervös die Stirn. Das kann nichts Gutes heißen. Ob ich von seiner Info Ohrenkrebs kriege? Kai kann so gruselig direkt sein. „Welches Problem meinst du denn?“, hake ich vorsichtig nach.

Er seufzt theatralisch und schüttelt über so viel Begriffsstutzigkeit den Kopf. „Hast du mir nicht zugehört, Sweetie? Deine unmögliche Jungfernschaft. Wie lange willst du dich denn noch aufheben? Das ist ja oberpeinlich. Du würdest durch meinen Vorschlag etwas daran ändern, extrem guten Sex haben und so viel Geld verdienen, dass du dir ein neues Auto leisten kannst. Das wäre doch fantastisch, oder etwa nicht?“, erklärt er mir mit vorgeschützter Geduld und streicht mir dabei mit seiner gepflegten Hand über den Arm. „Okay, ich erzähle es dir einfach und du kannst dann selber entscheiden, ob du diese Gelegenheit vergeuden willst“, bestimmt er selbstzufrieden. Oh nein, das wird jetzt bestimmt extrem peinlich! Ich verkneife mir eine ablehnende Bemerkung, denn immerhin fahre ich in seinem Auto mit und kann ihm nicht den Mund verbieten.

„Also, Schätzchen. Diese Carmen Münzt hat mir einige Exklusiveinladungen dagelassen. Ich soll mich für sie umschauen. Sie sucht gerade eine hübsche, aber volljährige Jungfrau, die für sage und schreibe 50.000 Euro einen viertägigen Sklavinnenvertrag unterschreibt und einem bestimmten Dom ihre Jungfernschaft opfert.

Das ist doch genial, oder? Da musste ich sofort an dich denken. Immerhin bist du wie geschaffen dafür – 50.000 Euro für vier Tage geilen, hemmungslosen Sex mit einem stinkreichen und sexerfahrenen Dom. Dafür würde ich glatt sterben, Honey. Aber sie suchen leider nur Heteros, diese spießigen Ignoranten!", zischt er aufgebracht und schüttelt unwillig mit dem perfekt gestylten Kopf. Dann schießt er seinen Röntgenblick bewusst auf mich ab und versucht meine Emotionen zu entschlüsseln.

Ich glaube, ich erröte und erblasse gerade im Sekundentakt und muss erst verdauen, was er mir da allen Ernstes vorschlägt. Ich unschuldiges, unerfahrenes Mauerblümchen – eine Sub für vier ganze Tage und dann die erkaufte Vereinigung mit einem stinkreichen, unbekannten Dom, der mich gnadenlos unterwirft? Ich muss bewusst nach Luft ringen, denn ich habe glatt das Atmen vergessen. „Niemals!", keuche ich erschrocken. Das ist meine erste, ungefilterte Reaktion. Doch Kai schmunzelt mich nur an und sieht endlich wieder auf die Straße. „Ja, ja, ja …! Das sagen sie erst einmal alle. Doch dann lockt das verruchte Abenteuer und das Geld brauchst du doch wirklich dringend, Süße. Willst du nun ein Auto oder willst du ein Auto?", grinst er verschlagen und blinkert aufreizend mit seinen lila schattierten Lidern.

Ich würde jetzt am liebsten die Autotür aufreißen und aus dem Wagen flüchten. Doch das ist während der Fahrt ziemlich ungesund und Kai denkt gar nicht daran, anzuhalten und mich den Rest des Weges zu Fuß laufen zu lassen. Er hat mich zappelnd am Haken und ich hege so langsam den Verdacht, dass diese Carmen Münzt für die prompte Lieferung einer Jungfrau Provisionen ausbezahlt. Doch das wage ich nicht laut zu mutmaßen. Kai reagiert oft ziemlich empfindlich, wenn man ihn kritisiert oder ihm gewisse Dinge unterstellt. Also verschränke ich meine Arme vor der Brust und schmolle. „Hmpf …! Da laufe ich lieber zur Uni, als mich für Geld ficken zu lassen. Ich bin nicht käuflich!“, knurre ich beleidigt.

Kai bricht in schallendes Gelächter aus und streicht mir überfürsorglich eine Strähne aus dem glühend roten Gesicht. „Ach, Schätzchen, du bist doch diejenige, die ihn benutzt. Wann begreift ihr dummen Frauen das endlich. Du genießt seine sexuellen Bemühungen und kassierst auch noch reichlich Kohle dafür. Der Typ muss kräftig blechen, um so eine süße Prinzessin wie dich verwöhnen zu dürfen. Was ist daran verwerflich, Schatz? Rein gar nichts. Außerdem sagte ich dir schon, du musst endlich dein Problemchen loswerden. Egal wie. Das ist doch schon mehr als peinlich! So eine göttliche Schönheit und du hast noch nie wirklichen Spaß in der Kiste gehabt. Wenn du wüsstest, was dir da entgeht, würdest du begeistert ‘Ja, ich will!’ schreien. Dein Vorteil ist doch, dass du tatsächlich noch eine Jungfrau bist und die Exklusivrechte auf einem Silbertablett serviert bekommst. Greif zu, Süße! Das ist die perfekte Gelegenheit, dich aus deinem Hinterweltlerkaff zu katapultieren. Danach studierst du fleißig und wirst eine geile Frau Doktor mit einer sauberen Anstellung im Krankenhaus und einem äußerst guten Gehalt. Na, wie klingt das für dich?“, flötet er voll überzeugt.

Ich kann nicht glauben, dass er mich dieser Carmen Münzt zum Fraß vorwerfen will, und das mit einer unerschütterlichen Überzeugung, die meinen Widerstand bereits ein wenig bröckeln lässt. Soll ich es wirklich wagen und mir die Sache ernsthaft durch den Kopf gehen lassen?

2. KAPITEL

„Bitte, Kai!“, flehe ich angstvoll. „Du musst doch in deinen Salon!“, versuche ich ihn von seinem plötzlichen Vorhaben abzubringen. „Ich habe noch längst nicht zugesagt!“, knurre ich ihn an und nestle fahrig am Sicherheitsgurt herum, ohne ihn aufzubekommen. Meine Finger zittern viel zu heftig. Nachdem Kai erste Anzeichen von Einknicken hinsichtlich meiner Überlegungen wahrzunehmen glaubte, änderte er abrupt seine Fahrtrichtung und steuert nun grinsend die „Venusfalle“ an. „Hörst du nicht! Ich muss mir das erst durch den Kopf gehen lassen. Was, wenn ich diesen fremden Dom gar nicht ertragen kann?“, versuche ich ihn emotional weichzuklopfen. „Nichts da, Mäuschen. Wenn du erst lange überlegst, dann denkst du nur wieder an deine gute Erziehung – und die Chance, dieses verkackte Nest zu verlassen, ist schneller dahin, als du bis drei zählen kannst. Nee, nee, Süße. Wir machen das jetzt klar! Ich schwänze meine Termine, bis du diesen echt geilen Deal abgeschlossen hast. Das bist du mir wert. Maila, ehrlich! Sei doch nicht so furchtbar prüde. Wenn du wüsstest, wie heiß du aussiehst und welch verheerende Wirkung du auf die Männerwelt ausübst! Wäre ich nicht schwul, würde ich dich gnadenlos auf meinen Rücksitz werfen und dich ficken, bis du heiser bist vom

Schreien!", erklärt er mir vollen Ernstes und ich muss schon wieder schlucken, weil mich seine schonungslose Offenheit schockiert und sprachlos macht. „Trotzdem, Kai, ich … ich kann so was nicht. Das ist so, so … peinlich und echt gruselig. Bitte kehr um!!", flehe ich ihn an und versuche ihm ins Lenkrad zu greifen.

Kai stoppt den Audi, sodass ich fast gegen die Frontscheibe knalle, und dreht sich mit strenger Miene zu mir um. „Jetzt hör mir mal zu, Puppe. Wir fahren jetzt da hin und du hörst dir brav die Bedingungen an. Dann kannst du immer noch einen Rückzieher machen. Ich will jedenfalls später nicht hören müssen, dass du diese Chance aus Scham vergeigt hast. Also Finger weg von meinem Lenkrad und Klappe halten, bis wir da sind. Gott, bist du eine Mädchen!", faucht er mich an und startet den Wagen neu.

Bis zur „Venusfalle" traue ich mich nichts mehr zu sagen. Sein strenger Befehl zeigt eine Wirkung, die mich verwirrt, aber auch deutlich ruhiger werden lässt. Irgendwie gibt mir seine Kontrolle ein seltsam gutes Gefühl. So als dürfte ich mich bedenkenlos in seine Hände begeben und die Verantwortung abgeben. Ich schließe die Augen und so bemerke ich gar nicht, wie mir Kai immer wieder einen wissenden Blick zuwirft und sich dabei grinsend durchs perfekt gestylte Haar fährt. Er ist so schrecklich erfahren in Liebesdingen.

Kai schmunzelt zufrieden. Maila ist für diese Art von Vertrag wie geschaffen. Süß, unglaublich sexy, extrem unerfahren und doch so überreif und ja, er hat es gefühlt: Ihr tropft doch die devote Veranlagung aus allen Poren! Vielleicht ist sie sogar ein wenig masochistisch gestrickt. Dann wäre sie einfach nur perfekt für diesen Deal. Wenn sie wüsste, dass der Eigentümer der „Venusfalle“, Jannic Preankert, auch noch ein weltweit agierendes Softwareunternehmen besitzt, unverschämt reich ist und sich Maila höchst persönlich ausgesucht hat, dann würde sich Kai nicht so ins Zeug legen. Er schwärmte Preankert während eines privaten Friseurtermins von Maila vor und verplapperte sich dabei mädchenhaft.

Eigentlich ist es nicht seine Art, den sexuellen Stand seiner Privatkundinnen auszuplaudern. Doch dieser äußerst attraktive, dominante Mistkerl hatte ihn schon immer perfekt im Griff. Näheres kann er jedoch noch nicht verraten, schon gar nicht, wenn Maila in seiner Nähe weilt. Als Jannic dann auch noch das neueste Haarmodelfoto von Maila an der Wand des Salons entdeckte, war dessen Interesse vollends geweckt. „Ich will diese Frau für mich!“, erklärte er Kai unmissverständlich und reichte ihm ein paar Scheine mit einem unmissverständlichen Zwinkern, die den Preis der vollendeten Dienstleistung weit überstiegen. Das war ein schlauer Schachzug von ihm.

Natürlich lässt sich Kai nicht kaufen. Auch nicht von diesem stinkreichen, durchtrainierten Geschäftsmann mit herrlichen, nussbrauen Haaren und ebensolchen Augen. Er ist tatsächlich der festen Überzeugung, Maila kann bei diesem verruchten Deal nur gewinnen.

Jannic Preankert gilt als exzellenter Meister der dominanten Liebe und wird es ihr gekonnter besorgen als einer ihrer zukünftigen Mitstudenten, die diese wunderschöne Frau mit Sicherheit anbaggern werden, sobald sie sich auf dem Campus sehen lässt. Doch mulmig ist ihm bei der Sache schon. Immerhin müsste er Maila ehrlich erzählen, wie diese ganze Angelegenheit zustande kam.

Kais siegessicheres Lächeln erstirbt bei dem Gedanken auf seinen Glossilippen. Trotzdem fährt er mit euphorischem Schwung auf das äußerst gepflegte, mit hellrosa Rosen bepflanzte Gelände des exklusiven Clubs. Hier vergnügen sich nur die Schönen und extrem Reichen. Auch Kai gehört seit ewigen Zeiten zu den ausgewählten Clubmitgliedern. Doch das hat andere Gründe. Wenigstens weiß er ganz sicher, dass seine unschuldige Freundin hier nicht auf ein schmuddeliges Ambiente stößt und dass sie sich beschützt und umsorgt fühlen darf.

3. KAPITEL

Ehe ich protestieren kann, schnappt Kai meine schweißnasse Hand und zieht mich erst aus seinen Wagen und dann über ein protziges Säulenportal in das gigantische weiße Herrenhaus hinein. Oh mein Gott, bereits das riesige Foyer wirkt exklusiver als in einem noblen Fünfsternehotel. Kai tritt selbstbewusst an die moderne Rezeption und begrüßt die junge, recht freizügig gekleidete Frau dahinter mit Küsschen rechts und Küsschen links. „Hallo, Greta, Schatz! Ich möchte zu Carmen, geht das?“, erkundigt er sich säuselnd und erntet dafür heftiges Nicken und ein strahlendes Lächeln.

„Für dich ist sie doch immer da, Kai. Ich rufe Frau Münzt an. Einen winzigen Moment bitte. Möchtet ihr einen kühlen Drink oder einen Kaffee trinken?“, erkundigt sie sich süß und scheint mich endlich zu bemerken. Ich wollte eben verneinen, als Kai zwei Kaffee ordert und zwar so, wie ich ihn am liebsten mag. Greta nickt dienstbeflissen und stöckelt mit übertrieben schwingenden Hüften in Richtung Bar.

Mein Begleiter schiebt mich in eine der gemütlichen Couchecken und nötigt meinen Hintern, Platz zu nehmen. „Beruhige dich erst mal und komm an, Maila. Um diese Zeit ist hier nicht viel los. Hier geht’s erst richtig ab, wenn es Abend wird. Dann triffst du hier Persönlichkeiten, die du nie vermutet hättest. In Liebesdingen sind die Promis sehr begierig, Schätzchen. Das liegt nun mal in der Natur des Menschen. Nur du scheinst diese Gier nach sexueller Lust nicht zu haben. Das werden wir jetzt schleunigst ändern. Glaub mir, du wirst nichts anderes mehr wollen, sobald du von ihr kosten durftest", flötet er aufgeregt und übersieht dabei, dass ich panisch zu schlottern beginne.

Eigentlich sollte ich ihm eine saftige Ohrfeige verpassen, aus diesem verruchten Gebäude stürmen und wegrennen. Doch Kais Hand umklammert meine, als spüre er meinen instinktiven Fluchtgedanken. Warum ist er nur so blind für meine Angst? Oder spürt er sie und ignoriert diese ganz bewusst? Plötzlich fühle ich Wut. Was mache ich hier eigentlich? Spinnt der jetzt total? Das bin doch nicht ich!

Gerade als ich mich entschließe, schleunigst das Weite zu suchen, öffnet sich eine Fahrstuhltür im Foyer und ein unglaublich attraktiver Mann tritt aus der verspiegelten Fahrgastzelle. Unsere Augen treffen sich, als würden sie voneinander angezogen. Er bleibt abrupt stehen, mustert mich mit einer Tiefe und einem Selbstverständnis, dass ich wie ein hypnotisiertes Kaninchen erstarre. Dann bohrt er seinen Blick in Kais erfreutes Gesicht, nickt kurz in seine Richtung und strebt mit festen Schritten dem Ausgang zu. Dort fährt bereits ein riesiger, schwarzer Wagen vor und schluckt ihn.

Ich starre entgeistert hinter ihm her. Wer war denn das? Ich brauche ein paar Atemzüge, um mich wieder in die Gegenwart zurückzubeamen. Entnervt streiche ich mein langes Haar nach hinten und bemerke erst jetzt, dass uns Greta einen Kaffee servierte. Gedankenverloren rühre ich mir Milch und drei Stück Zucker hinein. Endlich reagiere ich auf Kais belustigtes Kichern. „Hey, Süße, diese verstörende Wirkung hat er übrigens auf alle Damen, selbst auf schwule Männer!“, offenbart er mir lachend und schlürft dabei genüsslich von seinem Kaffee.

„Du kennst ihn?“, erkundige ich mich wie beiläufig und kann Kai keine Sekunde lang täuschen. Er mustert mich eindringlich und grinst zufrieden. „Du bist wohl doch nicht so immun, wie ich dachte!“, feixt er mich an und wuschelt mir übermütig durch das Haar. „Das war Jannic Preankert, der Besitzer der ‘Venusfalle’. Ein wirklich, wirklich heißer Typ und ein knallharter Dom dazu, mein Schatz. Du durftest bereits spüren, was Preankerts mörderischer Masterblick ausrichtet und wie seine Aura jeden in die Knie zwingt“, eröffnet er mir schwärmerisch und fasst sich dabei übertrieben ans Herz. „Schade für die schwule Männerwelt da draußen. Die kann ihn getrost vergessen. Der ist mehr hetero als jeder andere Kerl auf diesem verfickten Planeten. Trink deinen Kaffee aus, Maila. Da kommt Greta schon. Sie wird dich zu Carmen bringen. Mein Part endet hier vorerst. Ich muss jetzt wirklich im Salon auftauchen. Antony Becker, Jannics engster Vertrauter, wird dich später in die Stadt zurückbringen, damit du deine geplanten Besorgungen erledigen kannst. Ich nehme dich nach der Arbeit wieder mit nach Hause und liefere dich in deinem Kaff ab. Während der Fahrt will ich jedoch jede schmutzige Einzelheit hören, klar!", bestimmt er, ohne mich nach meinem Einverständnis zu fragen.

Er weiß, damit kann er mich für ein paar Sekunden sprachlos machen, und die genügen ihm, um mich bei der wartenden Greta abzuliefern und dann viel zu schnell zu verschwinden. Ich könnte gerade fluchen vor Wut. So war das doch nicht abgemacht. Er wollte bleiben, bis ich alles über diesen komischen Deal erfahren habe. Das darf doch alles nicht wahr sein! Ich drehe ihm den gebräunten Hals um, sobald ich ihn in die Finger kriege. War das sein Plan von Anfang an, dieser miese Schuft? Das werde ich ihm niemals verzeihen!

Doch vorerst trotte ich wie ein Lamm auf den Weg zur Schlachtbank hinter der aufreizenden Rezeptionistin hinterher. Bin ich denn völlig verrückt geworden? Mein Blick bleibt an ihrem niedlichen Hintern hängen. Der lugt halb sichtbar unter dem unverschämt kurzen Rock hervor. Irre ich mich, oder sind auf ihrer sonnenverwöhnten Haut verblassende Striemen zu sehen. Ich schüttle überfordert mit dem Kopf und kneife kurz die Augen zu. Ich muss hier weg, so schnell und so unbeschadet wie möglich.

Endlich bleiben wir vor einer Mahagonitür stehen und Greta klopft artig an. Man hört kein „Herein bitte!", trotzdem öffnet sie die schwere Tür und schiebt mich sanft in den hell gehaltenen Raum hinein. „Frau Münzt empfängt Sie gleich!", erklärt sie nüchtern und geht einfach. Da stehe ich nun mutterseelenallein gelassen und blicke mich zitternd um. Es gibt hier einen eleganten Schreibtisch und jede Menge moderne Regale. Ich trau mich einfach nicht, Platz zu nehmen. Dabei verleiht eine stilvolle, hellgrüne Couchecke mit einem geschwungenen Glastisch davor dem Büro der Chefin eine elegante Note und lädt zum Verweilen ein.

Unvermittelt öffnet sich die weiße Seitentür und eine äußerst beeindruckende Mittdreißigerin betritt das Ambiente. Sie erfüllt den Raum mit einer bestechenden Professionalität und Exklusivität, dass ich unwillkürlich schrumpfe. Diesem Vamp bin doch nie und nimmer gewachsen. Was soll ich ihr bloß entgegensetzen? Ich, das unerfahrene Mäuschen vom Hinterweltlerland. Warum nur musste Kai abhauen und mich dieser fleischgewordenen Venusfalle zum Fraß vorwerfen? Er scheint mit dieser Carmen Münzt gut vertraut zu sein!

Ich starre sie unvermittelt an und merke nicht einmal, wie unhöflich das wirken muss.

Ein kühles Lächeln huscht über ihre knallroten Lippen. Natürlich kann sie mich mit einem einzigen Blick analysieren. „Setzen Sie sich doch, Frau Wolmershain. Ich heiße Sie herzlich willkommen in der ‘Venusfalle’!“, eröffnet sie die ungleiche Konversation und zeigt dabei auf ihre exquisite Sitzecke. Ich stolpere fast über meine linkischen Füße und lasse mich mit einem erleichterten Seufzer nieder. Sie setzt sich mir gegenüber und überschlägt selbstbewusst ihre perfekten Beine.

„Ich habe leider nicht viel Zeit und werde darum gleich zum Wesentlichen kommen. Sie wissen von dem Exklusivvertrag, nehme ich an?“, erkundigt sie sich, als würde sie eine normale, geschäftliche Transaktion vorbereiten und kein verruchtes Sexarrangement. Ich erstarre erneut und kralle meine Finger ineinander. Doch wahrscheinlich ist sie das von unerfahrenen Jungfrauen nicht anderes gewohnt und erwartet daher keine klaren Antworten. Sie fährt einfach fort und macht sich ein paar Notizen auf einem Block.

„Sie sind noch Jungfrau und wollen sich das äußerst großzügige Preisgeld verdienen. Das ist wunderbar! Sie werden sich sehr wohl bei uns fühlen und es nicht bereuen. Diese Versicherung kann ich Ihnen sofort geben. Außerdem werden wir den Vertrag nach Ihren Bedürfnissen modifizieren. Natürlich nur so weit wie möglich! Bevor wir jedoch zu Einzelheiten kommen, ziehen Sie sich bitte aus. Ich möchte Ihren Körper ansehen. Immerhin bezahlt der interessierte Dom ein hohes Preisgeld und ich muss sichergehen, dass er nicht enttäuscht wird!“, eröffnet sie mir völlig nüchtern und zeigt auf eine weitere Tür im Zimmer. „Dort können Sie sich ungestört ausziehen und ich komme erst herein, wenn Sie mich rufen!“, fügt sie völlig emotionslos hinzu.

Wieder stiere ich sie an und fühle mich wie ein überfahrenes Reh. „Aber ich weiß noch gar nicht, ob ich bereit dafür bin?“, stammle ich überfordert und fühle, wie sich eiskalter Angstschweiß auf meine Stirn legt.

Ich verfluche Kai noch heftiger und möchte nichts lieber als tief im Erdboden versinken.

Doch Carmen Münzt scheint auf diese Art von Reaktion vorbereitet zu sein. Sie lächelt milde und streicht mir liebevoll über die knallroten Wangen. „Vor mir brauchen Sie sich wirklich nicht zu schämen, Kleines. Ich habe schon unzählige nackte Frauen betrachtet. Wenn Sie es jedoch jetzt noch wagen, einen Rückzieher zu machen, dann schicke ich Sie unverzüglich nach Hause. Eine zweite Chance werden Sie definitiv nicht bekommen. Also entscheiden Sie sich jetzt sofort! Es gibt noch mehr interessierte Anwärterinnen", fordert sie leise, aber betont streng.

Diese Art von Konversation übt genau denselben Effekt auf mich aus, den auch Kai immer schamlos ausnutzt. Ohne dass ich es explizit will, reagiere ich gehorsam auf diese für mich betörend wirkende Mischung aus Fürsorge und Kontrolle. Na toll, Maila, jetzt gibt es kein Zurück mehr. Ergeben, mit bebenden Knien verschwinde ich hinter der besagten Tür, um mich ihrer haarsträubenden Anordnung zu beugen.

4. KAPITEL

Nein, das habe ich sicher nicht erwartet! Das Zimmer hinter der Tür verschlägt mir glatt die Sprache und färbt meine Wangen rosa. Gott, das darf doch nicht wahr sein! Wo bin ich hier nur hineingeraten? In ein besseres Bordell?

Überfordert lasse ich mich auf dem riesigen, mit roter Seidenwäsche bezogenen Bett nieder und atme geräuschvoll aus. Vor dem Fenster des mittelgroßen Raumes hängen schwere, dunkelbraune Samtvorhänge mit Goldborte an den Kanten und die Wände zieren wuchtige Ölgemälde mit anrüchigen Szenen aus dem Kamasutra. Beschämt wende ich den Blick ab und senke ihn in Richtung Fußboden. Der ist komplett mit hellem, weichem Plüschboden bedeckt und ich verspüre den Wunsch, meine Schuhe auszuziehen, um ihn nicht zu verschmutzen, oder meine nackten Zehen darin zu vergraben.

Ach ja, ich bin ja hier hereinbeordert worden, um mich völlig zu entkleiden. Ich streife meine Sneakers von den Füßen und erhebe mich umständlich. Dann quäle ich mich aus meiner unscheinbaren Freizeitbekleidung und lege diese auf einer wuchtigen Holzkommode ab, die sich als einziges weiteres Möbelstück ins Ambiente einfügt. Endlich bin ich ganz nackt und schäme mich ganz furchtbar. Wie wird die schöne Club-Chefin mich jetzt wohl gleich ansehen?

Bibbernd schlinge ich meine Arme um mich selbst und sinke erneut auf das Bett. Plötzlich klopft es an der Tür und ich zucke erschrocken zusammen. Weil ich nicht gleich antworte, wiederholt sich das Prozedere, jedoch etwas kräftiger.

„Frau Wolmershain? Sind Sie fertig? Kann ich endlich reinkommen? Ich sagte bereits, ich habe nicht viel Zeit!“, tönt es von draußen und eine deutlich ungeduldigere Tonlage ist dabei herauszuhören. Da ich nicht fähig bin zu antworten, kommt Carmen Münzt einfach herein und bedenkt mich mit einem unwirschen Blick. „Also, Kleines, wenn das hier was werden soll, dann müssen Sie sich deutlich gehorsamer geben. Ihr Dom würde Ihnen ein solches Verhalten nicht ungestraft durchgehen lassen. Aber dazu später mehr. Stellen Sie sich hin!“, fordert sie mich ungeduldig auf und mustert meine Erscheinung bereits eindringlicher, als mir lieb ist.

Ich erhebe mich zögerlich und kneife dabei die Augen zu. Dass mich eine völlig fremde Frau anstiert, als wäre ich heiße Ware, gefällt mir ganz und gar nicht. Widerstand beißt sich durch meinen Verstand und drängt an die Oberfläche. „Ich glaube, ich kann das doch nicht!“, stottere ich heiser und greife ungelenk nach meinem Oberteil. Doch Carmen Münzt nickt anerkennend und ignoriert meinen schwachen Rückzieher einfach. „Frau Wolmershain, ich bin entzückt! Sie sind eine wunderschöne junge Dame. Makellos und, ja, irgendwie auch besonders. Wie geschaffen für die Sehnsüchte eines fordernden Mannes. Ihr Dom wird mehr als begeistert reagieren und vielleicht sogar eine deutlich höhere Summe ausgeben, um Sie zu bekommen. Sie können sehr stolz auf Ihren reizvollen Körper sein, Kleines!", schwärmt sie sichtlich begeistert und fährt mit ihren langen Fingern bewundernd durch mein offenes Haar. „Herrlich. So seidig glänzend und naturblond. Diese Pracht ist einfach perfekt, um sich darin zu vergraben oder kräftig daran zu ziehen. Dann sehe ich, Ihr göttlicher Körper wird nirgends von hirnlosen Tätowierungen verunstaltet. Es gibt an keiner Stelle Piercings, und das Beste: Sie sind völlig unberührt und unschuldig! Bereit, von den Freuden des sinnlichen Liebespiels zu kosten", sinniert sie fast schwärmerisch.

Ich starre sie mit offenem Mund an und kann ihre überschwängliche Begeisterung für meine weiblichen Vorzüge nicht nachvollziehen. Doch das unverfälschte Lob aus dem Mund dieser schönen Frau macht mich unsagbar stolz und beruhigt meine aufgepeitschten Nerven. Soll ich es wirklich wagen? Ich brauche das Auto wirklich und vielleicht bleibt auch noch einen größere Summe für die elendige Eigentumswohnung übrig. Ich kaue auf meiner Unterlippe herum und rechne in Gedanken aus, wie viel mich meine Unabhängigkeit kosten würde. In jedem Fall aber meine Jungfräulichkeit.

Bang!, dieser Gedanke katapultiert mich schnell wieder in die Wirklichkeit zurück. Doch die ist sowieso peinlich, so Kais überzeugte Meinung. Ich seufze und suche endlich den Blick von Carmen Münzt. Sie begutachtet gerade mein lockiges Schamhaar und runzelt die makellose Alabasterstirn. „Hmm, alles ist noch nicht perfekt. Wir müssen diesen krausen Wildwuchs entfernen und an den Beinen sind auch ein paar Härchen zu viel. Aber das ist kein Problem. Wir haben hier ein sehr exklusives Beautyprogramm. Die Damen dort werden sich sehr gut um Sie kümmern“, eröffnet sie mir enthusiastisch und deutet dann auf meine Sachen. „Sie können sich wieder anziehen, Frau Wolmershain. Ich bin sehr zufrieden und wir können schnell zum Vertrag kommen.“ Sie erwartet wohl keine Widerworte und lächelt mich kühl an. „Wir sehen uns gleich in meinem Büro!“, bestimmt sie und verlässt den Raum, ohne sich nochmals umzusehen. Oh je, es wird also tatsächlich ernst! Will ich das denn wirklich? Oder soll ich doch noch einen Rückzieher machen?

Gerade angle ich ungeschickt nach meinen Sachen, da fliegt die Tür ein weiteres Mal auf. Ich schreie erschrocken auf und erstarre in meiner Bewegung. Oh nein! Plötzlich verdunkelt sich der Lichtkegel, der vom Büro in das sündige Zimmer dringt, und eine äußerst imposante Gestalt füllt fast den gesamten Rahmen aus. Ich reiße entsetzt die Augen auf. Diesen Mann habe ich vor nicht einmal einer halben Stunde wegfahren sehen? Wieso steht er plötzlich in voller Lebensgröße da und mustert mich mit einem Selbstverständnis, das mir den Atem raubt? Wieso kam er zurück?

Ich werde mir seines intensiven Blickes bewusst und zerre wie wild die Decke vom Bett, um mich darin einzuwickeln. „Nein! Lass das!“, kommandiert er mit extrem tiefer Stimme. Ich zucke überfordert zusammen und meine stoffliche Bedeckung rutscht wieder nach unten. „Du wirst dich nicht vor mir verstecken, Maila! Niemals!“, knurrt er mich streng an und geht dann einfach wieder. Ich erschaudere unter seinem widersinnigen Tadel und sinke erschöpft auf den weichen Teppichboden. „Was war denn das? Wie kann es dieser Jannic Preankert wagen, mich derart zu überfallen? Was für eine Unverschämtheit, mich dann auch noch zurechtzuweisen! Ich spüre, wie mir mein Herz bis zum Halse schlägt, und kann mich kaum beruhigen. Dann höre ich ein heftiges Wortgefecht hinter der geschlossenen Bürotür. Carmen Münzt scheint mit irgendeiner Anweisung des Clubbesitzers nicht konform zu gehen. Doch er zwingt ihre Meinung nieder. Ich zittere und ahne, dass ihr ungleicher Disput mit mir zu tun haben muss. Doch was kann ich dafür?

Endlich beruhigen sich meine Nerven ein wenig. Zeitgleich nehme ich seinen unvergleichlichen Duft wahr, den er im Zimmer zurückließ. Genüsslich halte ich die Nase in die Richtung, in der er verschwand. Hmmm …, ein köstlicher Duft nach sauberer Frische, exklusivem Aftershave und herbem Nadelwald. Ich kann die einzelnen Komponenten, die mir einfallen, nicht sicher zuordnen und doch weiß ich, dass ich diesen Mann allein an seinem Duft wiedererkennen würde. Wohlig sauge ich die letzten Spuren ein und möchte deutlich mehr davon bekommen.

Doch dann besinne ich mich und plötzlich habe ich es furchtbar eilig, in meine schlabberigen Sachen zu kommen. Nicht, dass man mir noch einen Überfall der besonderen Art zumutet. Das würde ich in meiner derzeitigen Verfassung nicht überleben. Doch meine Entscheidung steht. Ich verschwinde hier, so schnell es geht, und eine Jungfrau können sie sich sonst wo einkaufen. Ich kann diese krasse Sexsache niemals durchziehen, ohne irreparablen Schaden zu nehmen. Es tut mir sehr leid für dich, Kai Banert.

5. KAPITEL

Ich fühle mich deutlich besser, als ich den stofflichen Schutz in Form von Wohlfühlklamotte um meinen Körper habe. Entsprechend mutiger trete ich in das Büro von Carmen Münzt und sehe sie mit verschränkten Armen am Fenster stehen. Ihr Gesicht wirkt neutral, doch sie kann mich nicht täuschen. Es brodelt in ihr. Jannic Preankert muss sie tüchtig verärgert haben und ich ahne, dass ich die Ursache dafür bin.

„Setzen Sie sich, Frau Wolmershain. Ich werde mit Ihnen den Vertrag durchgehen und Änderungen vornehmen, die Sie eventuell möchten!“, eröffnet sie mir und deutet auf ihre Nobelcouch. Doch ich setze mich nicht und spiegle ihre Körperhaltung ganz bewusst.

„Nein, Frau Münzt. Es tut mir leid, dass ich ihre kostbare Zeit verschwendet habe, aber ich werde das Angebot nicht annehmen. Es war sowieso nur eine blöde Schnapsidee von Kai Banert. Die Begutachtung meines Körpers fand ich furchtbar peinlich und dass Ihr Boss plötzlich unangekündigt in der Tür stand, hat mir den Rest gegeben. Ich bin schockiert und das dürfen Sie ihm ruhig ausrichten!“, antworte ich mutiger, als ich mich tatsächlich fühle.

Carmen Münzt lässt mich aussprechen und zieht überrascht eine ihrer perfekt gezupften Augenbrauen nach oben. Sie behält ihre abweisende Körperhaltung bei, nickt aber kurz. „Gut, dann können Sie jetzt gehen. Ich streiche Sie aus dem Arrangement, bevor es überhaupt beginnen konnte. Sie dürfen sich im Foyer niederlassen. Antony Becker wird Sie nach Hause fahren, oder wohin Sie gerade wollen. Es ist Ihre Entscheidung! Leben Sie wohl, Frau Wolmershain!“, fügt sie noch an und dreht mir abrupt den Rücken zu. Ich bin entlassen. Eigentlich sollte ich erleichtert sein. Doch ich fühle einen seltsamen Anflug von Trauer. Was? Wieso denn das?

Ich stürme aus dem Büro und finde, mit einigen örtlichen Verirrungen, den Weg zurück ins Foyer. Werde ich diesen verstörend attraktiven Mann jemals wiedersehen dürfen? Mist, ich will nicht so fühlen! Wieso kam er überhaupt in das Zimmer? War es Zufall oder pure Absicht? Wollte er die Frischware höchst persönlich in Augenschein nehmen? Ich muss an seinen verstörenden Blick im Foyer denken. Der war so seelentief und einnehmend.

Ich erschaudere nach dieser lebhaften Erinnerung. Selbst Kai fühlte es. Ich weigere mich standhaft, irgendwelche Absichten hineinzuinterpretieren. Doch ganz gelingt mir das dann doch nicht. Egal, ich verschwinde jetzt und werde mir neue Gedanken machen müssen, wie ich meinem Elend entfliehen kann. So eine dumme Aktion jedenfalls werde ich niemals wieder in Erwägung ziehen. Das ist einfach nichts für so ein verklemmtes Mauerblümchen wie mich.

Endlich erreiche ich das protzige Foyer und lasse mich, emotional erschöpft, auf einen hinteren Sessel nieder. Der ist so tief und weich, dass ich fast darin versinke. Ich ziehe meine Knie an und rolle mich genüsslich ein. Jetzt wo ich weiß, dass ich dem Schlamassel noch entkommen konnte, fühle ich mich endlich wohler in meiner Haut und schnappe mir einen Playboy vom Tisch, um mir die Wartezeit zu vertreiben. Ich muss über die dummen rosa Möchtegernbunnys kichern, die sich mit vollem Körpereinsatz auf Hochglanzfotos rekeln, um erfolgreichen Männern wie Jannic Preankert zu gefallen. Ich verstehe die Kerle nicht!

Doch das Lachen bleibt mir plötzlich im Hals stecken. Ich rieche Jannic Preankert, noch bevor ich meinen Kopf in den Nacken legen kann, um in sein versteinertes Gesicht zu blicken. Er hat die Hände provokant in seinen dunkelgrauen Armani-Anzug geschoben und steht mit leicht gespreizten Beinen so dicht vor mir, dass ich mich nicht aufrichten kann, ohne seinen Körper zu berühren. Ich stöhne erstickt und hasse diesen Ton, der ihm verrät, wie sehr mich seine Nähe beeindruckt.

Preankerts Gesichtszüge verlieren ein wenig von ihrer Härte. „Ich fahre Sie, Frau Wolmershain!“, kommandiert er, zieht seine rechte Hand aus der Hosentasche und hält sie mir mit einem Selbstverständnis hin, welches mich erneut schockiert. Als ich nicht reagiere, knurrt er leise und schnappt sich einfach meine klammen Finger. Dann zieht er mich aus dem Sessel und übellaunig hinter sich her.

Was geht denn hier ab? Ich kann ihm kaum folgen und trotz Gegenwehr habe ich nicht den Hauch einer Chance, mich seinem Griff zu entziehen. Scheiße, was soll denn das? Wieso trete ich ihm nicht schmerzhaft in seine Weichteile oder zetere wie eine wild gewordene Furie? Das habe ich durchaus drauf. Doch dieser Preankert macht mich völlig alle und ich lasse mich in seinen riesigen Audi verfrachten, der bereits wieder vor dem Eingang wartet.

Ein Fahrer in Uniform öffnet uns die Wagentüren und zeigt keinerlei Regungen hinsichtlich dieser Farce. Ich mustere ihn unauffällig und frage mich, ob er, wahrscheinlich Antony Becker, diese krasse Art von Weibchenbeförderung des Öfteren erlebt. Ich seufze und lasse mich in den gigantischen Fond der Luxuslimousine fallen, ohne ein Wort des Protestes von mir gegeben zu haben. Ich hasse mich bereits dafür und könnte mich selber ohrfeigen. Bin ich denn willenlos, wenn dieser grobe Klotz auf meine Wenigkeit trifft?

Verstohlen traue ich mich, einen Blick auf sein beeindruckendes Profil zu werfen. Ich blinzle überwältigt. Je öfter ich ihn ansehe, umso attraktiver kommt mir dieser Mann vor. Er bemerkt es, verdammt! Doch Jannic Preankert lockert nur seine dunkle Krawatte und öffnet die Anzugjacke. Ich senke die Augen und versuche ihm meine Finger zu entziehen. Es ist mir so peinlich. Doch wieder brummt er undefinierbares Zeug, was sich nach „Vergiss es, Madame!“ anhört, und umklammert meine Hand noch fester. Ich befürchte jetzt schon eine ungesunde Blutleere darin. Verzweifelt krause ich meine Nase und schniefe. Das tue ich immer, wenn ich nicht weiß, was ich in einer Situation denken oder tun soll!

„Lass das, Maila! Ich halte das nicht aus!“, fährt er mich urplötzlich an und ich zucke erschrocken zusammen. Jetzt reicht es mir aber! Ich ziehe nachdrücklicher an meiner Hand. Er lässt widerwillig los. „Warum nimmst du das überaus großzügige Angebot nicht an?“, überfällt er mich plötzlich und schießt einen todbringenden Blick auf mich ab. Ich starre ihn an und muss jetzt direkt in seine verärgert blitzenden Augen sehen. Das hätte ich lieber vermeiden sollen. Seine dunkelblauen Seelenlichter dringen tief in mein Inneres und löschen jede sinnvolle Antwort aus meinem Hirn.

Er fährt sich entnervt durch sein dunkelbraunes Haar, so dass er es völlig verwuselt und ihm das verwegene Aussehen eines altertümlichen Kriegers verleiht. Fast bin ich versucht, es mit meinen Fingern zu ordnen. Doch das verkneife ich mir standhaft. Stattdessen traue ich mich endlich, Klartext zu reden. „Es war nicht meine Idee, sondern die von meinem durchgeknallten Freund, Kai Banert. Ich kann so was nicht. Bitte lassen Sie mich in Ruhe, Herr Preankert. Ich bin für diese Art von … äääh, Sexspielen, nicht geeignet. Eigentlich für gar keine! Suchen Sie sich ein anderes Mädchen aus!“, stottere ich gehemmt und versuche dabei, sein Gesicht zu meiden.

Ich spüre seinen hungrigen Blick auf meinen Körper brennen. „Zu spät, junge Dame!“, seufzt er und packt mich bei den Schultern. „Ich habe bereits entschieden, dass ich dich will. Nur dich! Und wage es ja nicht, die Nase kraus zu ziehen! Das macht mich völlig verrückt. Du erscheinst morgen in der ‘Venusfalle’. Der Vertrag sieht vier Tage vor! Ich werde der Dom sein, der dich besitzt. Also denk nicht mal daran, einen Rückzieher zu machen. Nur über meine verdammte Leiche, kleine Lady!“

6. KAPITEL

Ich schlucke trocken und da mir die Worte fehlen hinsichtlich so einer Unverfrorenheit, bleibt mir der Mund offen stehen, ohne dass mir dies bewusst wird. Jannic Preankert grinst wölfisch und schiebt meinen heruntergeklappten Unterkiefer mit seinem Finger nach oben. Schnaubend drehe ich mein errötendes Gesicht weg und rücke, so weit es geht, von ihm ab. Ich muss mich bewusst beruhigen. Er kann mich doch nicht zwingen! Warum pfeffere ich ihm seine unmögliche Anordnung nicht einfach um die Ohren? Stattdessen schmeichelt es mir sogar ein wenig. Nein! Das ist ja völlig irrsinnig. Ich straffe meine Schultern und will es wissen.

„Warum?“, keuche ich atemlos und versuche selbstbewusst zu klingen, wobei ich aber kläglich scheitere. „Wieso gerade ich? Frau Münzt sprach von mehreren Anwärterinnen für den Deal!“, flüstere ich leise und bemühe mich, nicht atemlos zu klingen.

Ich scheitere haushoch. Er schnappt erneut nach meine Hand und zieht sie selbstbewusst in seinen Schoß. Irre ich mich oder fühle ich da eine deutliche Beule? Oh Gott, mir wird heißer, als ich ertragen kann. Er räuspert sich und drückt sich nicht vor einer Erklärung. „Du bist so wahnsinnig schön, extrem natürlich, dabei auch noch klug, so verführerisch süß und du sprichst meinen Beschützerinstinkt an wie noch nie eine Frau vor dir. Und das Beste, du bist noch unberührt und so wunderbar unverdorben. Ich habe diese wissenden, überstylten Frauen satt. Ich hatte sie alle und nun muss ich wieder wissen, wie es sich anfühlt, ganz von vorn zu beginnen. Ich werde dich mit Lust verwöhnen, wie du es dir niemals hättest vorstellen könntest, Maila! Du wirst mehr als das Geld für ein Auto bekommen. Ich schenke dir, sich als erwachte Frau fühlen zu dürfen. Das ist unbezahlbar. Ich kann dich in Sphären katapultieren, die dich vor sexueller Gier und Ekstase schreien lassen. Du musst dich nur trauen, kleine Lady! Sag endlich 'Ja'!", drängt er mich mit seiner haarsträubenden Begründung.

Doch ich bin nicht fähig, ihm zu glauben. Wie sollte ich diesem Mann jemals vertrauen? Ich kenne ihn doch gar nicht. Ihn, der jede Frau hatte. Die Hochglanzdamen aus dem Playboy zum Beispiel! Wie sollte ich je die Frau sein, die er in mir sieht? Ich bin eine neue, spannende Herausforderung für ihn, ein prickelndes Spiel. Jannic Preankert konnte bisher alles erreichen und Besitztümer anhäufen, die ihm auch in Zukunft ein exquisites und ausschweifendes Leben ermöglichen. Weit weg von den finanziellen Sorgengeflecht einer winzigen Durchschnittsfamilie, die auch noch durch einen schlimmen Schicksalsschlag gebeutelt wurde.

Ich schließe überfordert die Augen und lehne mich in den weichen Ledersitz zurück. Er lässt mich in Ruhe schweigen. Doch trotz gesenkten Lidern weiß ich, dass er gerade jede meiner Regungen analysiert und ungeduldig auf eine Antwort wartet. Er wird nur Zustimmung gelten lassen. Ich ahne es bereits. Doch darauf kann er lange warten. An mir wird er sich die strahlend weißen Zähne ausbeißen.

Ich fühle ein angenehmes Ziehen in meinem Unterbauch. Seine Nähe müsste mich beunruhigen. Das tut sie auch, doch auf eine ganz andere Weise, als meine Vernunft mir rät. Scheiße, Scheiße, Scheiße! Ich hasse dich, Kai Banert! Das wirst du mir schrecklich büßen. Gleich, wenn mich dieser schwere Audi vor deinem Salon ausspuckt.

7. KAPITEL

Ich kann ihm keine Antwort geben! Jannic Preankert rutscht bereits unruhig auf dem Rücksitz herum und lässt endlich meine Hand los. Er wirkt frustriert. „Ich warte, Maila! Denke nicht, dass du mit einem 'Nein' aus diesem Auto steigst", knurrt er mich an und verschränkt die Arme vor der Brust. Ich erstarre erneut und knete die Hände. Mir wird nicht bewusst, dass ich mich mal wieder meiner kindischen Angewohnheit hingebe und die Nase kraus ziehe.

„Maila!", fährt er mich unvermittelt an. „Ich habe dich gewarnt!", stöhnt er dunkel und nimmt plötzlich mein Gesicht in seine Hände. Dann presst er, wie zur Strafe, seine Lippen auf die meinen, leckt hart und fordernd darüber. Ich keuche erschrocken und spüre zeitgleich, wie sich seine Zungenspitze unnachgiebig in meinen Mund drängt. Diesen Überfall konnte ich einfach nicht vorhersehen und bin für drei Sekunden unfähig, mich dagegen zu wehren.

Bevor ich zum berechtigten Protest ansetze, hat er wieder von meinem Mund abgelassen und fährt sich anschließend nervös durch die wuseligen Haare. Zurück bleibt seine süße Feuchte auf meinen Lippen, eine seltsame Leere und der verstörend angenehme Geschmack dieses Mannes.

„Atme, Maila!“, befiehlt er mir mit gerunzelter Stirn und ich schnappe erschrocken nach Sauerstoff. Wie kann man nur vergessen, Luft zu holen? Ist Atmen nicht ein autonomer Reflex? Ich wende den Kopf in Richtung Fenster, um ihm meine unbegreiflichen Empfindungen vorzuenthalten. Gott, war das gut! Noch nie hat mich ein Mann so herrisch geküsst und das leichte Ziehen in meinem Bauch nimmt köstliche Ausmaße an. Das darf doch alles nicht wahr sein! Dämlicher, verräterischer Körper.

Jannic Preankert grinst wissend und streicht mir zärtlich eine lose Strähne aus der Stirn. „Davon gibt es noch unendlich mehr, Maila. Du musst es nur wollen! Sag ja!“, brummt er in einem unglaublich tiefen Vibrato.

„Nein!“, fauche ich jenseits von ruhig. „Ich will, ich muss … aussteigen. Sofort!“, kreische ich einige Tonstufen zu hoch und nestle wie eine Irre am Sicherheitsgurt herum. Was tue ich hier eigentlich? Ich ahne, dass ich verloren bin, sollte ich noch eine einzige seiner Zärtlichkeitsbezeugungen ertragen müssen. Bin ich so überreif, dass er mich nur noch zu pflücken braucht? Das darf niemals passieren. So bin ich doch nicht! Außerdem will ich nicht besiegt und anschließend weggeworfen werden. Wie sollte ich das schadlos überleben?

Preankert flucht neben mir und knurrt Antony eine unverständliche Anweisung zu. Der wendet abrupt den Wagen und hält wenig später vor Kais Haarsalon „Modelstyle“ an. Ich atme erleichtert auf und greife schon fahrig nach dem Türgriff. „Warte!“, donnert Jannic Preankerts Stimme durch den riesigen Wagen und lässt mich erschrocken zusammenfahren. „Maila, ich erwarte dich morgen für volle vier Tage in der 'Venusfalle' und zwar mit einem deutlichen 'Ja' aus deinem süßen Mund. Ich werde dir noch eine ganze Nacht Bedenkzeit einräumen. Gegen neun Uhr schicke ich Antony mit dem Wagen vorbei und ich warne dich, Maila! Ich lasse mich nicht abweisen! Nie wieder, verstanden?! Ich hole dich höchstpersönlich ab, falls du es wagen solltest, mir einen verdammten Korb zu geben. So, und nun geh! Ich kann deinen Anblick nicht länger ertragen, ohne über dich herfallen zu dürfen. Du wirkst so unglaublich anziehend auf mich, dass ich meine Gier kaum noch zügeln kann!", offenbart er mir mit einer unerschütterlichen Aufrichtigkeit. Darum zweifle ich die Umsetzung seiner Drohung nicht eine Sekunde lang an.

Ich schlucke in meinem ausgedörrten Hals einen dicken Kloß herunter und finde einfach keine Worte für so viel Unverfrorenheit und Selbstbewusstsein. Stattdessen flüchte ich aus dem riesigen Audi und drehe mich nicht mehr um, bis die Tür zum Salon „Modelstyle" mit lautem Knall hinter mir zufällt. Ich lehne mich keuchend dagegen und japse schon wieder nach Atemluft, als hätte ich einen anstrengenden Marathonlauf hinter mich gebracht.

Erst jetzt wird mir bewusst, dass mich ausnahmslos alle Personen anstarren, die sich gerade im nach Shampoo, Haarfarbe und Spray duftenden Raum befinden. Kai, drei Kundinnen und zwei Mitarbeiter fixieren mich erstaunt. Ich bin jedoch nur an einer Person interessiert: dem Friseurmeister höchstpersönlich! Er steht mit ungläubig aufgerissenen Augen und einem laufenden Föhn hinter irgendeiner rothaarigen Schönheit und scheint sich in eine steinerne Statur verwandelt zu haben.

„Du verfickter Mistkerl!“, zische ich ihn lauthals an und zerre wütend den Stecker seiner dröhnenden Gerätschaft aus der Dose. Endlich regt sich wieder Leben in meinem schwulen Freund und er findet zu seiner gewohnten Leichtigkeit zurück. „Ja, ich ficke gern, Schätzchen. Aber das tun andere auch und du drückst dich heute ziemlich vulgär aus“, beantwortet er meine ausgestoßene Beschimpfung, grinst mich unschuldig an und klimpert übertrieben mit seinen lila Augenlidern.

Ich stöhne frustriert und zeige energisch mit einem Finger auf das Hinterzimmer. „Ich muss dich jetzt leider töten, Kai Banert. Ab in die Küche mit deinem sündigen Arsch!“, schockiere ich ihn noch nachhaltiger und sein Lächeln erstirbt. „Oh, oh! Das hört sich aber gar nicht nett an, Maila. Hm …, dann los nach hinten mit dir. Immerhin vergraulst du mir gerade meine exklusive Kundschaft. Hannah, übernimm bitte Frau von Haberweg. Ich muss dieser kleinen, blonden Furie ein paar Manieren beibringen. Komm, Süße“, reißt er mal wieder das Ruder an sich. Schon werde ich zahmer und ja, ich fühle mich bereits deutlich wohler als noch vor wenigen Augenblicken im Auto.

Kaum sind wir allein, nimmt er mir prompt den Wind aus den Segeln. „So, Maila! Ein für alle Mal! Das Wort mit F wird in meinem Salon nicht öffentlich benutzt. Du verletzt die zarten Gefühle meiner verwöhnten Kundinnen. Und nun zu der anderen Sache. Warum bist du eigentlich schon hier? Will dich Carmen nun doch nicht engagieren? Das kann ich mir kaum vorstellen. Zumal dich Jannic Preankert längst ausgewählt hat. Er lässt sich von ihr nichts sagen, Schätzchen“, sprudelt es aus ihm heraus und ich muss entnervt stöhnen, ehe er mir endlich Gehör schenkt.

„Schluss jetzt, Kai!“, schreie ich ihn überfordert an und raufe mir dabei die Haare, was ihn sicher schlimmer schmerzt als mein aufgebrachter Tonfall. „Wie konntest du mich in die Höhle dieses Löwen schicken und dann auch noch alleine lassen? Fuck, ich habe meinen Körper von seiner Geschäftsführerin begutachten lassen müssen. Nackt! Und das Schlimmste, Preankert kam nach dieser peinlichen Aktion einfach in das Kamasutrazimmer und wollte unverzüglich meine Zustimmung für den unmöglichen Sex-Vertrag“, kreische ich nun schrill und fühle mich verraten und verkauft.

Kais Augen funkeln plötzlich vor Vergnügen und er klatscht tatsächlich wie verrückt in die Hände. „Ich fasse es nicht! Wie geil ist das denn…? Wow, Maila! Das ist … echt zum Austicken! Er will dich tatsächlich, Süße! Du wirst reich, mein Engel, und du bekommst endlich einen echt geilen Schwanz in die Muschi geschoben. Oh, ich beneide dich um den Wahnsinnstypen. Komm her, Schatz, lass dich fest umarmen. Mauerblümchen ade …!", flötet er immer enthusiastischer und mittlerweile springt er wie ein Flummi auf und ab.

Ich starre ihn fassungslos an. Hat der schwule Typ was an den Ohren? Ich brülle ihn für genau diese Dinge an und er verhält sich, als wäre ich entzückt über den wahnwitzigen Vorschlag des Clubbesitzers. „Nein, Kai!", hole ich ihn in die Wirklichkeit zurück. „Nein, nein und nochmals nein!", schleudere ich ihm noch wütender entgegen. „Das mache ich nicht. Ahnst du überhaupt im Entferntesten, wie furchtbar peinlich mein dummer Körper auf diesen Mann reagiert? Wie ein willenloses, sabberndes Etwas ohne Hirn. Und das bereits nach einem winzigen Kuss!", unterstreiche ich meine berechtigte Auflehnung. Dabei verschweige ich ihm lieber die prickelnden Einzelheiten, denn Kai leidet plötzlich an Schnappatmung.

„Du hattest schon einen Kuss von Jannic Preankert und willst immer noch ablehnen? Das glaub ich jetzt nicht. Also, Maila, das ist mir jetzt wirklich zu hoch. Deine Libido will dieses Abenteuer mehr als offensichtlich, du würdest unverschämt reich entlohnt werden, könntest endlich diesem miesen Leben entfliehen und das Beste, der heißeste Junggeselle weit und breit will dich exklusiv in seinem Club haben. Nee, nee, jetzt reicht es mir aber. Dir ist wirklich nicht zu helfen. Am besten du fährst jetzt nach Hause in dein verstaubtes Kuhkaff, damit dir wieder einfällt, warum deine Weigerung ein No-Go wäre. Lass mich jetzt meine Arbeit machen, Süße!“, beendet er unsere ungleiche Konversation mal wieder zu seinen Gunsten und dreht sich mit einem mädchenhaften Hüftschwung um. Dabei schüttelt er immer noch fassungslos den gestylten Charakterkopf und verschwindet in seinem Salon.

Ich stöhne frustriert. Ohne Gruß verlasse ich diesen Ort der Ignoranz und nach zwei Stunden Frustshopping ohne nennenswerte Ausbeute und einem sündigen Stück Schokosahnetorte geht es mir kein Stück besser. Dann schlägt auch noch das Taxi zurück ins Dorf ein empfindliches Loch in meine ohnehin schon mageren Finanzen. Doch mit Kai wollte ich heute definitiv nicht mehr zurückfahren. Ich verzichte gern darauf, seine Begeisterungsstürme für Jannic Preankert anzuhören, und ich bin noch immer schrecklich sauer, dass er und unsere Freundschaft meine Brüllattacke überlebt haben.

Grrrr …! Ich hasse diese ganze verfahrene Situation. Und morgen früh steht zu allem Übel auch noch Antony Becker mit Preankerts schwarzem Protzschlitten vor unserem Haus und will mich in die „Venusfalle“ verschleppen! Wenn Mama davon erfährt, wird sie in Ohnmacht fallen.

8. KAPITEL

Ich sollte wirklich ein paar Stunden schlafen. Doch ich finde einfach keine Ruhe. Was soll ich bloß dagegen machen? Kai hatte natürlich recht. Sobald ich mich zu Hause aufhalte, drängt sich mir wieder meine quälende Ausweglosigkeit unbarmherzig auf. Preankerts Angebot wirkt tatsächlich wie der besagte Schlüssel zur Freiheit. Doch den Vertrag, den ich dafür erfüllen müsste, erscheint mir einfach zu heikel. Oder vielleicht doch nicht? Heißt es nicht immer so schön „Wer nicht wagt, der nicht gewinnt“? Doch kann ich überhaupt gewinnen?

Zuallererst verliere ich bei diesem Deal meine Unschuld. Die schlägt nicht besonders hoch zu Buche. Zumindestens fühlt sich der Gedanke nicht so furchtbar schlimm an, wie er vielleicht sollte. Vielmehr habe ich Angst um mein dummes Herz. Was, wenn ich mich in diesen verstörend attraktiven Mann verliebe? Er wird mich benutzen und danach mit einem fetten Scheck in der Hand aus dem Club werfen. Ohne Gefühle wäre das ja ein guter Handel. Doch so richtig auch wieder nicht. Verkaufe ich dabei nicht meine Seele an den Leibhaftigen und kann ich mir nie wieder selbst in die Augen sehen? Immerhin verhökere ich meine Unschuld, meinen Körper an den Meistbietenden.

Frustriert schlage ich mit der geballten Faust auf mein Kopfkissen ein und gebe einen erstickten Schrei von mir. Plötzlich geht meine Tür auf und Mama steckt ihren gelockten Kopf durch den Spalt. Sie mustert mich besorgt und kommt dann ungefragt in mein Zimmer. Sie behandelt mich oft immer noch wie ein pubertierendes Mädchen. Ich hasse es, doch sie hat ja nur noch mich und so ich wehre mich kaum dagegen.

Mama setzt sich auf die Bettkante und streicht mir liebevoll über das Haar. „Es tut mir so leid, Maila. Ich würde dir so gern ein anderes, ein besseres Leben bieten“, interpretiert sie meinen hör- und sichtbaren Frust richtig. „Bitte sei nicht traurig. Nutze jede Chance, die sich dir bietet, hörst du?! Du bist viel klüger als ich und musst es besser machen. Sonst landest du auch in so einer schrecklichen Tretmühle, wie ich sie habe, und deine schönsten Jahre rinnen dir durch die Finger. Nimm keine Rücksicht auf mich, Kind. Ich komme schon irgendwie klar und später, wenn du eine wunderbare Ärztin bist, dann werde ich die stolzeste Mutter des Universums sein. Versuche zu schlafen, Schatz. Du findest einen machbaren Weg. Da bin ich mir ganz sicher!“, flüstert sie mir tröstlich ins Ohr und küsst mich zärtlich auf die Wange.

Ich schluchze überfordert. Wie kann sie nur ahnen, dass ich vor einem wichtigen Scheideweg stehe? Gab sie mir unbewusst die Zustimmung für diesen unmöglichen Deal? Ich fühle mich seltsamerweise ruhiger, als hätte ich auf ihre mütterliche Zustimmung gewartet, ihren Segen. Natürlich wäre sie nicht einverstanden, dass ich mich diesem fremden Mann hingebe. Doch sie möchte genauso gern wie ich, dass mein Leben anders verläuft als das ihre.

Okay! Ich werde morgen in diesen riesigen Audi steigen und in die „Venusfalle“ fahren. Noch habe ich den Sex-Vertrag nicht unterschrieben und kann immer noch weglaufen. Doch ich weiß instinktiv, dass mich ein Jannic Preankert niemals wieder gehen lassen würde, sollte ich tatsächlich meinen Fuß über die Schwelle seines verruchten Etablissements setzen. Zumindestens nicht, bevor er seine Mission erfüllen konnte. Ich wäre ihm auf Gedeih und Verderb ausgeliefert.

Mama nimmt mich ein letztes Mal in den Arm. Sie verabschiedet sich von mir als Kind und wird mich als Frau wiederbekommen. So würde es Kai in seiner pragmatischen Art darstellen. Ich schlafe wenig später ein und träume von Carmen Münzt und vom Kamasutrazimmer. Es ängstigt mich aber nicht mehr. Ich sehe diese ganze Sache plötzlich als eine notwendige, aber bezwingbare Hürde für einen Neubeginn. Auch Jannic Preankert drängt sich irgendwann in den Traum und zaubert ein sinnliches Lächeln auf meine Lippen. Doch das merke ich nicht wirklich, denn schließlich schlafe ich tief und fest.

Gegen sechs Uhr morgens werde ich wach und springe wie von einer Tarantel gestochen aus meinem Bett. In drei Stunden wird Antony Becker vor unserem Haus halten und mich abholen. Planlos und gar nicht mehr so ruhig renne ich auf und ab. Was soll ich zuerst machen? Meine Zuversicht bröckelt bereits und ich sehe mit gerunzelter Stirn auf meinen feuerroten Trolley herunter. Ich habe ihn aus den hinteren Tiefen meines Kleiderschrankes gezogen und bereits begonnen, ein paar Kleidungsstücke hineinzuwerfen. Doch ich weiß nicht so richtig, was man in so einem Club trägt. Zumal ich gar keine Reizwäsche oder irgendwelche Fummel besitze, die man als passend bezeichnen könnte. Immerhin verfüge ich über null Erfahrungen in solchen Dingen.

Frustriert lege ich meine besten Kleidungsstücke in den Rollkoffer. Eine schwarze Jeans, fast neu, eine weiße Bluse, zwei knielange Sommerkleider, eine Shorts und drei Trägertops in verschiedenen Farben. Schuhe habe ich nur ein paar rote Riemchensandalen mit winzigen Absätzen und weiße Sneakers, fast neu. Die müssen genügen. In meiner Unterwäsche wühle ich am längsten herum. Da ist echt mal ein Neukauf fällig. Doch dafür habe ich keine Zeit mehr. Also krame ich ein paar annehmbare Einzelteile heraus und stopfe sie in das bereits übervolle Behältnis.

Mama steht plötzlich in meiner Tür und sieht mir mit gerunzelter Stirn beim Packen zu. Noch bevor sie mich löchern kann, gebe ich eine undurchsichtige Erklärung ab. „Äh, Mama, ich verreise kurzfristig für vier Tage und besuche eine Freundin. Du musst dir keine Sorgen machen. Ich bin dort versorgt. Irgendwie brauche ich gerade mal einen Tapetenwechsel und wenn ich wieder zurück bin, dann kümmere ich mich ausgiebig um die Vorbereitung für das Studium. Bitte frage jetzt nicht. Vertrau mir einfach, Mama!", versuche ich sie zu beschwichtigen und davon abzuhalten, in mich zu dringen.

Mama sieht zum Glück etwas in meinen Augen, das sie daran hindert. Sie seufzt leise, umarmt mich fester als sonst und dreht sich resignierend zur Tür. „Okay, Maila. Ich frage nicht. Noch nicht! Ich weiß ja, du bist ein großes Mädchen und vernünftig. Doch bitte pass gut auf dich auf und komm gesund zurück. Ich muss jetzt zur Arbeit. Paul holt mich ab!", gibt sie bekannt und wendet sich nochmals kurz zu mir um. „Übrigens parkt die ganze Nacht schon ein großer, schwarzer Wagen mit Fahrer auf der gegenüberliegenden Straßenseite. Er steht immer noch da. Hat dieses mysteriöse Auto etwas mit deinen plötzlichen Urlaubsplänen zu tun?", erkundigt sie sich seltsam müde.

Ich laufe erschrocken zum Fenster und tatsächlich: Es ist Jannic Preankerts Audi. Verdammt. Was soll denn das? Wollte er sichergehen, dass ich nicht vor ihm flüchte? Berechtigte Wut steigt in mir hoch. Doch ich kann mich jetzt nicht vor Mama outen. Also tue ich betont gleichgültig und zucke überdeutlich mit den Schultern. „Keine Ahnung! Seltsam, aber ich weiß auch nicht, warum dieses Auto da steht. Ich melde mich, sobald ich bei meiner Freundin angekommen bin", lüge ich widerwillig und verschwinde lieber schnell ins Badezimmer, ehe sie mein Gesicht studieren kann.

Mama wird nur fünf Minuten später von ihrem Arbeitskollegen Paul abgeholt. Das passiert in letzter Zeit außergewöhnlich oft. Auch wenn unser alter Corsa gar nicht kaputt ist. Vielleicht sollte ich mir diesen Typen mal genauer ansehen. Nicht heute, schließlich habe ich einen Termin in der „Venusfalle".

Bei dem Gedanken wird mir echt schwummerig. Doch es gibt nun kein Zurück mehr. Trotzdem werde ich nicht vor neun Uhr in Preankerts Auto steigen. Egal wie lange dieser Antony im Wagen hocken musste. Selbst schuld, wenn er sich für so eine hirnrissige Beschattung engagieren ließ.

9. KAPITEL

Doch irgendwann ist es nach neun Uhr. Auch wenn ich mich gefühlte tausendmal umgezogen habe, meine Haare hochsteckte, wieder öffnete und dann doch so frisierte, wie ich sie immer trage, mir anschließend noch viel zu viel Schminke aufs Gesicht pappte, werde ich fast pünktlich fertig und greife mit feuchten Händen nach meinem Rollkoffer. Seine rote Farbe blinkt mich hämisch an und scheint „Los jetzt!" zu schreien. Ich seufze übertrieben laut und werfe nochmals einen Blick in den Flurspiegel. Mir starrt darin eine fast 21 Jahre junge Beinahe-Studentin mit selbstzerstörerischen Ambitionen entgegen. Ich bin tatsächlich im Begriff, für ein Stückchen finanzielle Freiheit meine Unschuld zu verkaufen, und müsste mich wie eine Hure fühlen. Doch diesen Gedanken verdränge ich schnellstens wieder, zumal ich gar keine Ahnung habe, wie eine käufliche Frau empfindet.

Ich drehe mich nochmals um meine Achse. Mit meinem schlichten Outfit sehe ich fast noch jünger aus, als ich tatsächlich bin. Nur das übertriebene Make-up schenkt mir ein paar Jahre dazu. Wie kommt ein wahnsinnig gut aussehender Jannic Preankert mit seinen geschätzten zehn Jahren mehr an Lebenserfahrung dazu, so ein unerfahrenes Mädchen wie mich zu wollen? Nur weil ich noch unberührt bin? Das werde ich erfahren, wenn ich mich endlich getraue, aus der schützenden Hülle unserer Hinterweltwohnung zu treten und mich in die besagte Höhle des Löwen verschleppen zu lassen.

Plötzlich klingelt es Sturm. Ich fahre erschrocken zusammen und sehe blitzschnell zur Uhr. Mittlerweilen ist es fast halb Zehn. Da wird aber jemand ungeduldig. Ich öffne die Tür und ein sichtlich entspannter Antony steht davor und nickt kurz angebunden. „Guten Morgen, Frau Wolmershain. Ich fahre Sie in die 'Venusfalle'", eröffnet er mir im korrekten Geschäftston und greift bereits nach meinem Trolley.

„Halt!", zische ich ihn an und entreiße ihm den Rollkoffer wieder. „Ich habe es mir gerade anders überlegt! Ich komme doch nicht mit!", versuche ich meiner blitzartig aufkommenden Panik nachzugeben und fange urplötzlich an zu zittern. Antonys Miene verfinstert sich merklich. Dann packt er mich unerwartet um die Hüften und wirft mich einfach über seine breite Schulter, als wäre ich ein Sack Mehl.

Ich bin so überrascht, dass ich laut aufschreie, mich aber kaum wehre. „Tut mir leid. Ich habe da so meine Anweisungen erhalten. Ein Nichterscheinen ihres süßen Arsches ist keine Option!", kommentiert er seinen Umgang mit den Auswirkungen meiner Panikattacke. Er zieht die Tür von außen zu und lässt meinen Koffer einfach in der Wohnung zurück. Es bleibt ihm auch gar nichts anderes übrig, denn er muss mich nun mit beiden Händen bändigen. Da fällt die Möglichkeit für einen Gepäcktransport weg.

Ich zapple wild, schreie hysterisch und bettle, dass er mich wieder herunterlässt. Doch vergeblich. Er antwortet mir nicht einmal. Grimmig schleppt er mich zum Audi und wieder verfluche ich dieses vermaledeite Nest, in dem man Frauen am hellichten Tag „entführen" kann, ohne dass dies von irgendwelchen Mitmenschen bemerkt wird. So lande ich Sekunden später ungerettet auf dem Beifahrersitz des Audis und bin in null Komma nichts angeschnallt und sitze im Wagen. Wütend verschränke ich die Arme vor der Brust und schmolle mit dem verfluchten Grobian neben mir, der bereits wieder seine unbeteiligte Miene zur Schau trägt und den dicken Wagen souverän in Richtung „Venusfalle" lenkt.

Ich könnte heulen vor Wut. Nun steht mein Koffer, samt Smartphone, Geld und Papieren im Flur. Mama wird verwundert sein und sich Sorgen machen, weil ich mein Gepäck stehen gelassen habe. Ich muss sehen, dass ich den Koffer doch noch bekomme. Scheiße, ich hätte mir ja denken können, dass so etwas passiert, wenn ich mich weigere. Preankert erklärte mir doch unmissverständlich, dass er kein „Nein" duldet. Doch damit, wie es nun gelaufen ist, konnte ich nicht rechnen. Ich werde mich über Antonys unmögliches Verhalten beschweren.

Als wir auf das wunderbar gepflegte Gelände der „Venusfalle" fahren, wird mir ganz anders. Meine Wut wird längst wieder von leiser Panik abgelöst. Gleich werde ich Jannic Preankert zum Fraß vorgeworfen und ich bin selber schuld. Falsch! Kai trägt die Verantwortung für dieses gruselige Schlamassel! Dieser kleine, schwule Mistkerl hat mir die ganze Sache eingebrockt und ich werde ihn dafür töten. Langsam und qualvoll! Das heißt, falls ich die Tage mit Preankert überleben sollte!

Ich zittere am ganzen Körper und so wird es notwendig, dass mich Antony abschnallt und fürsorglich aus dem Protzschlitten zieht. Er lässt meine Hand nicht mehr los, als hätte er Angst, ich könnte ihm im letzten Augenblick entwischen. Das würde ich zu gern. Probehalber ziehe ich an meiner Hand und ernte prompt einen warnenden Blick und einen festeren Schraubstockgriff um meine ohnehin schon leblosen Finger. Ich seufze frustriert und lasse mich hinter ihm ins Gebäude ziehen.

Auch heute umfängt mich die verschwenderische Eleganz mit einer erdrückenden Fülle. Sie lenkt mich ein wenig ab. Antony setzt große, schnelle Schritte und ich habe Mühe, hinterherzustolpern. Gott, ist das ein ungehobelter Kerl. Er scheint mich sehr schnell abliefern zu wollen und ich kann mich des Gedankens nicht erwehren, dass ich für ihn eine äußerst lästige Auftragslage darstelle. Wir fahren mit einem verspiegelten Fahrstuhl nach unten und mein Herz pocht so laut, dass ich fürchte, der Fahrer und Freund von Jannic Preankert könnte es hören. Doch der gibt sich völlig unbeteiligt und umschließt weiterhin meine Hand, als wäre ich eine flüchtige Strafgefangene.

Pling! Wir halten drei Etagen unter dem Foyer. Ich hyperventiliere bereits und wenn das so weitergeht, sterbe ich an einem Herzkasper, noch bevor ich vor meinem unfreiwilligen Date stehe. Wir halten in einem winzigen, schwarz und weiß gehaltenen Privatflur. Von hier gehen nur drei wuchtige Türen ab und Antony führt mich zu einer von ihnen. Er klopft kurz und heftig an. Ich höre ein donnerndes „Herein!" und mein gerade wiedergefundener Mut verflüchtigt sich erneut nach nirgendwo.

Antony öffnet die Tür und schiebt mich vor sich her ins Innere des Raumes. Mich empfängt ein wohnliches Ambiente. Erneut maskulin, aber durchaus gemütlich. Jannic Preankert steht von einer dunkelbrauen, ledernen Couchecke auf und kommt uns mit weit ausholenden Schritten entgegen. Verdammt, ist dieser Mann furchteinflößend und verstörend attraktiv! Seine ungekünstelte Dominanz strömt ihm aus jeder Pore. Er nimmt Antony meine halb zerdrückte Hand ab und haucht mir einen festen Kuss darauf. Ich erschaudere bei dieser für unsere moderne Zeit so ungewöhnlichen Geste und kriege kein einziges Wort heraus.

„Herzlich Willkommen, Maila Wolmershain!", begrüßt er mich sichtlich erfreut und nickt dann Antony zu. Der klopft seinem Freund kurz auf die Schulter und verdrückt sich augenblicklich. Jetzt bin ich mit Herrn Preankert allein und die Ungewissheit, was gleich mit mir geschehen könnte, lässt mich zu einer Statue erstarren. Meine Augen verfolgen jede Bewegung dieses rätselhaften Mannes. Obwohl ich Furcht verspüre, kann ich mich an seiner Erscheinung nicht sattsehen.

Er trägt einen extrem gut sitzenden Anzug und ich erahne die harten Muskeln, die sich bei jeder seiner Bewegung unter dem Stoff abzeichnen. Wenn es nicht so peinlich wäre, würde ich glatt sabbern. Das Beste sind jedoch diese dunkelblauen Augen. Wenn sie auf meinen Blick treffen, scheinen sie mir bis in die Seele zu sehen. So tief und wissend. Ich senke ertappt die Lider und knete meine Hände, die sich, nun endlich befreit, mit Blut füllen dürfen.

„Sieh mich an, Maila!“, fordert er mich auf, dringt ungefragt in meinen persönlichen Raum ein und bleibt direkt vor mir stehen. Ich werde von seinem Duft nach sauberer Frische, exklusivem Aftershave und wildem Wald ganz taumelig. Meine Härchen an den Armen stellen sich unvermittelt auf. Trotzdem wage ich es nicht, ihn anzusehen. Er brummt ärgerlich und hebt mein Kinn mit seinem Finger an.

„Hör zu, Lady. Als Erstes sprechen wir über bestimmte Regeln, die du immer einzuhalten hast. Dann verläuft unsere gemeinsame Zeit deutlich leichter und entspannter für uns beide. Wenn ich eine Forderung stelle, dann befolgst du sie unverzüglich. Das ist ganz einfach und ich werde der erträglichste Dom sein, den du dir vorstellen kannst. Doch wenn du dich widersetzt, zieht das unangenehme Konsequenzen nach sich. Die könnten dir durchaus missfallen. Also mach es uns nicht schwerer als nötig. Sieh mich an,

Maila!“, fordert er erneut und mit deutlich mehr Nachdruck.

Ich hebe erschrocken den Blick und er knurrt zufrieden. „Gut! Genau so werden wir das die gesamten vier Tage halten. Und zieh nicht andauernd die Nase kraus, wenn ich mit dir rede. Das macht mich verrückt und es wirkt kindisch, Maila!“, tadelt er mich plötzlich ohne erkennbaren Zusammenhang. Ich glätte überrascht mein Gesicht und er nickt zufrieden. „So ist es besser. Du musst das Kindliche langsam ablegen. Hattest du eine entspannte Herfahrt?“, erkundigt er sich plötzlich deutlich lockerer und stellt dabei zwei kunstvoll geschliffene Weingläser auf den Tisch.

Bestimmt aus Kristall, kommt es mir in den Sinn. Ich fühle mich wie in eine andere Welt versetzt. Dieser Mann kennt mich doch gar nicht und tut bereits so, als wären wir uns schon ewig vertraut. Ich schlucke trocken und sehe wortlos zu, wie Jannic Preankert routiniert eine Flasche öffnet und Wein eingießt. Dabei mag ich gar keinen Alkohol. Ich räuspere mich umständlich und wage es endlich zu antworten. „Der Fahrer hat mich einfach mitgenommen!“, stottere ich heiser und versuche, seinem forschenden Blick standzuhalten. Das fühlt sich wie ein Kraftakt an.

Preankert grinst kaum merklich und nickt mir zu. „Das war wohl leider nötig. Er hatte seine Anweisungen. Du warst ungehorsam, Maila. Das darfst du dir nach der Vertragsunterzeichnung nicht mehr leisten. Ich will übrigens, dass du mich ab sofort Jannic nennst. Ich bestehe darauf! Schließlich werde ich dich ficken. Also, kleine Lady, lass uns Brüderschaft trinken mit einem besonders edlen Tropfen. Er stammt von meinen Weingut in Spanien", erwidert er etwas freundlicher und reicht mir ein gefülltes Glas.

Ich nehme es ihm zwar zitternd ab, möchte es aber gleich wieder abstellen. „Sorry, Herr Preankert, ich trinke weder Wein, noch nehme ich andere alkoholischen Getränke zu mir!", protestiere ich schwach.

Jannic verhindert meine Absicht, dass Glas loszuwerden, und stößt mit mir an. „In diesen vier Tagen wirst du es tun! Für mich, Maila! Ein wenig Alkohol macht dich lockerer", bestimmt er streng und führt sein Glas zum Mund. Ich mache es ihm nach und lasse die Flüssigkeit vorsichtig über meine Zunge perlen.

Hmmm, köstlich! So fruchtig, samtig und leicht süß. Was habe ich bisher verpasst? Ich schlucke genüsslich und nehme gleich noch einen Schluck. Jannic lacht schallend und prostet mir zu. „Langsam, Maila. Wenn du Alkohol nicht gewöhnt bist, solltest du umsichtiger damit umgehen. Also, ich bin ab sofort Jannic für dich und du meine Maila. Ich möchte dich nicht wieder 'Sie' sagen hören, verstanden!", befiehlt er plötzlich ernster und nimmt mir das Glas wieder ab.

Huch, wie sprunghaft seine Stimmungen auf mich einprasseln. Mir wird fast schwindlig davon. Ich nicke kurz und lasse mich zur Couch führen. Bei dem Anblick des wuchtigen Möbels kommen mir Gedanken, die ich besser verdrängen sollte. Was, wenn er gleich über mich herfällt? Instinktiv rücke ich in die äußerste Ecke und er lacht erneut kopfschüttelnd.

„Maila, ich freue mich so sehr auf unsere gemeinsame Zeit. Ich werde aus einem unberührten Mauerblümchen einen sexhungrigen Vamp machen. Das verspreche ich dir in die Hand. So, und nun kommen wir zum Vertrag. Schließlich hat unser erster Tag bereits begonnen und ich habe einen straffen Zeitplan. Setz dich richtig hin, Maila, und überschlage die Beine, wie es sich für meine Lady gehört. Du sitzt da wie eine unreife Zwölfjährige!“, fährt er mich unvermittelt an.

Ich reiße erschrocken die Augen auf. Na, das kann ja heiter werden. Ich versuche es und scheitere kläglich. So sitze ich nie und mit der engen Jeans geht das auch nicht besonders gut. Wenn ich lange so sitzen muss, kriege ich glatt einen Krampf in den Beinen.

Jannic runzelt die Stirn und beobachtet meine ungelenken Versuche, mich wie eine selbstbewusste Frau hinzusetzen. Dann grinst er wieder und öffnet einen dicken Büttenumschlag, der auf dem Designerglastisch vor uns liegt und sicherlich den Vertrag beinhaltet. Jannic setzt sich eine verflucht schicke Brille auf die Nase und wirkt jetzt wie ein unverschämt gut aussehender Anwalt. Auf was habe ich mich da nur eingelassen? Mein Herz rast, stolpert und irgendwann wird es sicherlich aussetzen, wenn das so weitergeht. Ich erhasche einen kurzen Blick auf das entfaltete Papier und zucke erschrocken zusammen. Das stehen maximal fünf Zeilen und ein paar Zahlen mit vielen Nullen drauf. Ich starre Jannic Preankert ungläubig an und wieder grinst er ausgelassen.

„Was?“, fragt er und zieht übertrieben die Augenbrauen nach oben. Ich setze zum Sprechen an und bekomme doch kein Wort heraus. Was können fünf Zeilen schon nennenswert regeln? Viel jedenfalls nicht. Jannic zieht einen silbernen Kugelschreiber aus seinem Jackett hervor und legt ihn zum Schriftstück. Er weiß ganz genau, was in mir vorgeht, und amüsiert sich scheinbar königlich. „Ich sagte es dir doch schon, Maila. Ich bestimme die Regeln unserer Zeit und die können sich durchaus auch ändern. Das liegt ausschließlich an deinem Verhalten mir gegenüber. Unsere vier Tage enden damit, dass du mir währenddessen deine Unschuld überlässt und ich dich in jeder Art und Weise ficken darf. Ich werde dir jeden Tag die gigantischsten Orgasmen schenken und jede deiner süßen Körperöffnung in Besitz nehmen. Welche Frau würde sich da nicht glücklich schätzen?

Ich weise dich in sämtliche Sexpraktiken ein und mache dich zu einer wissenden und sexhungrigen Frau. Nach den vier Tagen stelle ich dir einen Scheck über 50.000 Euro aus. Jeder Tag schlägt also mit sehr viel Geld zu Buche. Du erhältst die Summe aber erst, wenn unsere Zeit erfolgreich endet. Das steht im Vertrag und mehr muss da auch nicht rein. Also sei gehorsam und unterschreibe jetzt. Wie wir uns dann arrangieren, liegt ganz an dir. Ich werde äußerst streng sein und alles von dir abverlangen, was machbar ist. Ich gebe mich die kompletten vier Tage als dein exklusiver Dom und du wirst meine bereitwillige Sub sein. So soll und wird es laufen und nicht anders", eröffnet er mir, als wäre das ein ganz normales Abkommen zwischen zwei Geschäftsleuten. Doch ich hatte mit deutlich genaueren Vereinbarungen gerechnet. Vereinbarungen, die ich beeinflussen und zu meinem Schutz verfeinern dürfte. Mit diesem oberflächlichen Vertrag gebe ich ihm doch die komplette Macht über mich und schlimmer noch, er darf willkürlich entscheiden, was er mit mir machen möchte.

Ich starre auf die mickrigen Zeilen und lese sie nochmals und nochmals durch. Das ist in meinen Augen kein Vertrag, das ist ein glatter Witz. Zumal er sowieso nicht anfechtbar wäre. Wie sollte er vor einem normalen Gericht standhalten? Doch ich brauche ihn, um auf irgendetwas vertrauen zu dürfen und um mich sicherer zu fühlen. Ich schüttle entsetzt den Kopf und erhebe mich mit Wackelpudding in den Knien.

„Nein!", krächze ich panisch. „So habe ich mir das nicht vorgestellt. Ich werde dieses Schriftstück ganz bestimmt nicht unterschreiben und lieber wieder nach Hause fahren. Ich verzichte auf das Geld. Mein Koffer steht sowieso noch zu Hause", eröffne ich ihm, ohne in seine Richtung zu sehen. Das geht gar nicht! Ich weiß nicht, wie ich diesen haarsträubenden Deal schadlos überleben sollte, und kann meine Zustimmung nicht geben. Niemals.

„Falsch!", knurrt es plötzlich deutlich grimmiger und so tief, dass ich mich auf die Couch zurückfallen lasse, ohne es zu wollen. „Deinen Koffer habe ich längst holen lassen und du fährst mit Sicherheit nicht nach Hause, bevor unsere Zeit vorbei ist. Ich habe mich für dich entschieden und du bleibst hier, bis ich fertig mit dir bin, Maila. Ich werde dich schon noch überzeugen. Nur zu deiner Information, diese Wohnung ist für vier Tagen die deine und du kannst hier auch erst nach den vier Tagen wieder herausspazieren. Doch du wirst freiwillig bleiben. Dafür werde ich in der nächsten halben Stunde sorgen. Trink deinen Wein aus, Maila! Und ich sage es nicht noch einmal. Wenn du erst unterschrieben hast, gibt es keine Widerworte mehr für dich."

Okay, das war mehr als deutlich! Das kann ich doch nicht mit mir machen lassen, oder? Doch wie soll ich hier wieder rauskommen? Ich zittere immer noch und starre Jannic Preankert fassungslos an. Ich glaub das jetzt nicht wirklich. Heißt das tatsächlich, dass ich diesen Deal durchstehen muss? Das wird wohl eine sehr intensive Erfahrung! Darüber bin ich mir jetzt voll im Klaren. Oh Gott, ich werde Kai mit meinen eigenen Händen erwürgen und diesen Möchtegern-Dom gleich hintendran. Doch der bewegt sich gerade auf mich zu.

10. KAPITEL

Ehe ich einen empörten Atemzug machen kann, hat er bereits nach meinen Handgelenken geschnappt und die Arme auf den Rücken gedreht. „Tut mir leid, Kleine, aber ich muss dich so behandeln. Sonst kann ich dich nicht überzeugen, freiwillig zu bleiben. Ich entschuldige mich schon im Voraus, aber du lässt mir keine andere Wahl. Ich verspreche dir, du wirst es nicht bereuen, dich mir ausgeliefert zu haben. Ab mit dir ins Bett, Maila!", eröffnet er mir ernsthaft und schiebt mich ohne Verzug in das danebenliegende Schlafzimmer.

Ist der Mann jetzt völlig übergeschnappt? Das wagt er nicht! Oh doch! Und wie er sich traut! Ich versuche mich standhaft zu wehren, bin aber seiner körperlichen Übermacht nicht eine Sekunde lang gewachsen. Gott, ist dieser Mann ein riesiger, unbezwingbarer Berg. Wie, um Himmels willen, soll ich ihn mit meiner körperlichen Zartheit überleben? Mir schießen tatsächlich Tränen in die Augen und ich hasse mich dafür. Nie im Leben möchte ich vor ihm Schwäche zeigen. Das kann er vergessen!

Der Raum ist nicht besonders groß und es gibt hier nur ein überdimensioniertes Doppelbett mit einem kräftigen, schmiedeeisernen Fuß- und Kopfteil. Klar, ich kann mir schon denken, wofür die geeignet sind, und schnaube wütend. Dann entdecke ich aus den Augenwinkeln auch noch eine wuchtige Kommode mit vielen Schubfächern. An jedem Fach baumelt ein gedrehter, runder Eisengriff. Ein Fenster gibt es aus Gründen der Kelleretagen-Lage nicht. Auf dem Boden liegt dicker, flauschiger Teppichbelag und an den Wänden hängen wertvolle Kunstdrucke mit eindeutigen Szenen zwischen Paaren, beschäftigt mit heftigen Liebespielen. Noch bevor ich sie näher in Augenschein nehmen kann, liege ich bereits mit dem Rücken auf dem Bett und Jannic fixiert meine Hände mit seiner Krawatte an das Kopfteil. Ich bin selbst total überrascht von meiner Reaktion, aber ich wehre mich nicht, sondern lasse es willig geschehen.

Jannic nickt zufrieden mit dem Kopf und nimmt zwei weiche Seile aus der Kommode. Damit bindet er mit rasender Geschicklichkeit meine Fußgelenke fest und zwar so, dass meine Beine gespreizt auf der Decke liegen bleiben. Ich bin völlig passiv und abwartend, dennoch frage ich mich: Spinnt dieser Typ denn jetzt völlig?

Jetzt zerre und ziehe ich mal probehalber an meiner stabilen Fixierung. Doch das ist mehr als sinnlos und fordert mir das letzte bisschen Kraft ab, was ich noch übrig habe. Ich versuche es nun mit Worten. „Bitte, ich bin sehr unsicher. Irgendwie fühlt es sich gut an, aber es ist so neu für mich …“, jammere ich wenig selbstbewusst.

Jannic Preankert sieht kopfschüttelnd auf mich herunter und streicht mir das verschwitzte Haar aus dem geröteten Gesicht. „Erstens hast du mich schon wieder nicht mit Jannic angesprochen und zweitens ziehst du andauernd die Nase kraus. Lass das endlich, Maila. Ich warne dich, wenn du nicht langsam kooperierst, werde ich dir strenge Konsequenzen angedeihen lassen. Also, wie sprichst du mich in Zukunft an?“, fragt er mich mit Nachdruck.

Ich starre ihn ungläubig an und kann nicht fassen, dass ihn meine Nase mehr ärgert als mein hysterisches Geschrei. Ich ziehe sie jedoch unbewusst kraus und merke es erst, als sich Jannics Gesichtsausdruck verfinstert. Plötzlich greift er sich einen meiner Nippel und kneift kräftig hinein. „Kindisch, kleine Lady!“, tadelt er und begründet so sein unfassbares Tun.

Ich schreie vor Überraschung und bäume mich überfordert auf. Dieser elende Schuft. Meine Brustwarze pocht und summt wie unter Strom gesetzt. „Du Mistkerl!“, wimmere ich und achte darauf, meine Nase glatt zu halten.

„Geht doch, Maila. Wenn du so überaus gut auf Schmerz ansprichst, könnte ich mir noch ganz andere Dinge vorstellen, die ich mit dir machen könnte“, grinst er verschlagen und reibt dabei zärtlich über die malträtierte Stelle. Oh, wie empfindlich und gut sich mein Nippel gerade anfühlt! Er wird tatsächlich hart und richtet sich vorwitzig auf. Ich schäme mich so sehr dafür, doch Jannic findet sichtlich Gefallen daran.

„Dein Körper mag den Schmerz. Das ist wundervoll, Kleines.“ Preankerts Augen verdunkeln sich sichtlich und sein Atem wirkt plötzlich tiefer. Er schiebt mein unscheinbares Sweatshirt nach oben und legt so ungefragt Bauch und Brüste frei. Mit einem einzigen Ruck zerreißt er die störende Verbindung zwischen den BH-Schalen. Ich sehe ihm fassungslos dabei zu und ziehe erneut die Nase kraus. Dieses Mal bestraft er meinen anderen Nippel. Ich schreie erneut, denn der Schmerz schießt noch heftiger in die empfindsame Stelle hinein als vorher. Schließlich umgibt ihn gerade kein stofflicher Schutz.

„Nein, Maila!“, widerholt er seine strenge Ansage und massiert dann die geschundene Stelle mit hauchzarten Kreisen. Ich kann nicht mehr. Meine Brustwarzen pochen wie verrückt, mein Körper zittert und ich fühle mich meiner Lust ausgeliefert. Mich berührt ein wirklicher Mann aus Fleisch und Blut. Und was für ein attraktives Exemplar seiner Gattung!

Mein Gehirn ist plötzlich wie leer gefegt. Ich bestehe nur noch aus Fühlen, aus Panik und Scham. Was habe ich mir nur dabei gedacht, mich freiwillig in die Hände dieses Sexgottes zu geben? Ich bin dem Ganzen doch nie und nimmer gewachsen!

Jannic betrachtet meine festen, runden Brüste und umfasst sie fast schon ehrfurchtsvoll mit seinen riesigen Händen. „Wie für mich gemacht, so wunderbar geformt, fest und samtig zart. Ich habe noch nie so wunderschöne, natürliche Brüste gesehen“, flüstert er rau. Dieser Mann hat wohl die künstlich aufgeblasenen Exemplare satt, die er im Club der Schönen und Reichen zu sehen bekommt?!

„Ich habe schon sehr viele berührt“, sinniert er andächtig und zupft an den empfindlichen Nippeln, die sich noch härter zusammenziehen und steil nach oben recken. Plötzlich beugt er sich über sie und nimmt einen davon in den Mund. Ich erschaudere unter der feuchten Hitze seiner liebkosenden Zunge und stöhne erstickt.

Plötzlich beginnt er, wie verrückt an ihnen zu saugen. Erst die eine Brustwarze und dann die andere. Ich bäume mich überwältigt auf. Der süße Schmerz jagt mir wie Stromstöße durch den Körper, fährt ungefiltert in meinen erwachten Unterleib und entlockt mir ein heiseres Krächzen.

Jannic lacht unter seiner wissenden Tat und fährt unvermittelt fort. Ich wimmere und weiß nicht, ob er aufhören oder lieber weitermachen soll. „Nein … bitte … nicht … weiter … aah“, stammle ich unkontrolliert und winde mich verzweifelt hin und her. Das ist so unglaublich geil. Wie macht er das nur?

Endlich lässt er von meinen Brüsten ab. „Du bist extrem reizbar, Maila. Das ist wunderbar …! Schade, dass ich dich erst ein wenig überzeugen musste, damit du dich fallen lässt“, flüstert er erregt. Ich sehe eine deutliche Beule in seinem Schritt. Oh nein, wenn er sich jetzt seiner Hose entledigt, über mich herfällt und mich nimmt?!

Er bemerkt meinen Blick auf sein hartes Problem und grinst mich wissend an. Ich erschaudere vor Scham. Doch Jannic reibt genüsslich darüber. „Meinen Schwanz hole ich erst raus, wenn der Vertrag unterschrieben ist. Ich werde dich gern ficken, Maila. Hart und intensiv! Doch vorher will ich dich überzeugen, dass du es auch möchtest“, knurrt er in einem tiefen Vibrato und beschert mir mit seinen verruchten Äußerungen ein Frösteln auf der Haut.

Plötzlich beginnt dieser unmögliche Mann, mir die Jeans aufzuknöpfen und mir dabei tief in die Augen zu sehen. „Bist du feucht für mich, Maila?“, schockiert er mich mit seiner unverschämten Frage. Ich werde puterrot und er lacht mich schallend aus.

Trotz böser Flüche schiebt er seine Hand zwischen meine Schamlippen und reibt über die feuchten Innenseiten. „Sogar nass, Kleines. Wie geil!“ Er zieht seine mit meinem Saft benetzten Finger hervor und streicht mir damit über die geöffneten Lippen. „Koste dich, Maila“, fordert er mich ungeniert auf und leckt sich dann selbst die Finger ab. „Hmmm, so unglaublich köstlich. Du schmeckst besser als alles, was ich je gekostet habe!“, eröffnet er mir genießerisch.

Ich erröte noch heftiger. Dann drängt er seine Hand erneut in meine Hose und findet zielsicher dieses winzige Stück Reizfleisch, welches noch nie ein Mann vor ihm berühren durfte. Ich erstarre erst und versuche mich dagegen aufzulehnen. Das darf er nicht. Oder doch? Wow, es fühlt sich so köstlich an, was er gerade mit mir tut! Die Laute, die ich von mir gebe, sind kaum noch menschlich.

Jannic nimmt sich das Recht heraus und bearbeitet meine geschwollene Klit so geschickt, dass ich binnen weniger Sekunden bebe und mich ihm ungeniert entgegendrücke. Ich vergehe vor noch nie empfundener Lust und Jannic knurrt zufrieden. Er hat mich genau da, wo er mich hinhaben will. In mir braut sich ein nie gekannter Sturm zusammen und ich fiebere längst einer höllischen Erlösung entgegen.

Aber bevor die ersehnte Welle über mir zusammenbrechen kann, werden Jannics Bemühungen träger, dieser verfluchte Kerl. Er flüstert mir Worte ins Ohr, die ich nicht mehr bewusst wahrnehme.

„Du unterschreibst den Vertrag und willst mich ficken, Maila. Sag ja, kleine Lady!“, fordert er immer wieder auf. Ich winde mich immer heftiger unter seiner süßen Folter und bin längst weit weg von vernunftgesteuert. Mein Körper gehört mir nicht mehr. Mein Becken hebt sich ihm von allein entgegen und ich fiebere nach seinen sinnlichen Berührungen. Wenn er in mich eindringen wollte, ich würde es genießen!

„Nein … Ja … bitte …!“, keuche ich überfordert und sehne mich so sehr nach der Entladung der unerträglichen Anspannung, dass mir plötzlich alles egal wird. Ich nicke heftig, nicht mehr fähig, irgendein verständliches Wort über meine trockenen Lippen zu bringen.

Jannic keucht hörbar: „Du hast zugestimmt, Maila! Dann sollst du auch deine verdiente Belohnung haben!“, stöhnt er gepresst, massiert meine zuckende Klit heftiger und lässt mich über diese verdammte Klippe springen, dieser elende Erpresser. Ich schreie und schreie, bis ich ganz heiser bin und völlig fertig zusammenbreche.

Jannic Preankert drückt mich, sichtlich zufrieden mit seiner Tat, an sich und streichelt mir über das zerzauste Haar. „Gut so, Maila. Jetzt kann es endlich richtig losgehen. Wir werden uns gut verstehen und eine Menge Spaß miteinander haben“, lächelt er und kneift mir nochmals in den Nippel. Als ich kreische, grinst er: „Kindisch!“ Ich weiß genau, was er meint.

11. KAPITEL

Ich bleibe regungslos liegen und fühle mich erschöpft, aber körperlich befriedigt. Sollte ich mich hinsichtlich meiner herausgestöhnten Lust und der empfundenen Geilheit schämen?

Ein heimlicher Blick in sein zufriedenes Gesicht lässt mich diesen Gedanken schnell wieder vergessen. Jannic Preankert strotzt nur so vor Selbstgefälligkeit. Er bindet mich vorsichtig vom Bett los und massiert mir die leicht geröteten Handgelenke. Er grinst wissend und löst auch gemächlich die Seile von meinen Füßen. „Ich denke, wir besiegeln endlich den Vertrag und dann besprechen wir mögliche Einzelheiten bei einem guten Essen“, eröffnet er mir dunkel. Wie schafft er es nur, seine eigene Erregung dermaßen zu kontrollieren und knallhart zurückzudrängen?

Okay, Jannic verschlingt mich begierig mit seinen Augen, hält sich aber bewusst zurück. Er will wohl erst dieses vermaledeite Schriftstück unter Dach und Fach bringen. Ich kann einfach nicht glauben, dass ich zugestimmt habe. Doch ich ahne, dass er mir sowieso keine Chance gelassen hätte, den Deal noch zu canceln. Zum Teufel, er hat mir dieses JA in einem ziemlich schwachen Moment entlockt, dieser elende Schuft.

Ich blicke grübelnd zu ihm auf und sehe mich plötzlich einem verärgerten Gesicht gegenüber. „Kindisch, Maila!“, droht er mir böse und lacht zeitgleich auf, als ich die Hände schützend auf meine wunden Nippel presse. „Ich finde durchaus andere Möglichkeiten, dir diesen kindichen Mist auszutreiben!“, herrscht er mich streng an. Er wirkt böse, doch seine Mundwinkel zucken verräterisch und verraten sein stilles Amüsement.

Er erhebt sich kraftvoll und strahlt dabei ein unerschütterliches Selbstvertrauen aus. Jannic Preankert schämt sich seines Körpers kein Stück. Ich schon, ich verklemmtes Huhn. Bewundernd stehle ich mir einen Blick auf den bekleideten Adoniskörper vor meiner Nase und bestaune das sehnige Spiel seiner festen Unterarmmuskeln. Nicht dass ich jemals Männer so bewusst und exklusiv bewundern durfte. Aber bei Preankert bin ich mir ganz sicher, dass er kein normaler Durchschnittsmann ist. Ich seufze leise.

Jannic schmunzelt wissend und zieht an meinen Händen. „Der Vertrag wird fällig, Maila! Also bewege deinen süßen Arsch nach oben. Ich hasse es, wichtige Dinge vor mir herzuschieben! Geh vorher ins Badezimmer und wasch dir dieses fürchterliche Geschmiere vom Gesicht. Du verschandelst dir deine wunderbare Ausstrahlung mit dem unnützen Scheiß“, befiehlt er mir plötzlich und schiebt mich in die entsprechende Richtung.

Wieso drückt sich dieser schöne Geschäftsmann nur so gruselig vulgär aus? Ich werfe ihm einen vernichtenden Blick zu. Doch den ignoriert er einfach und fährt mit seinen fordernden Ausführungen fort. „An der Tür hängt ein Kleid für dich. Ich hasse diese elenden, steifen Jeanshosen. Die versperren mir unnötig den Weg zu deiner niedlichen Pussy. Ich wünsche eine willige Frau an meiner Seite und keine spröde Emanze!“, knurrt er mich übellaunig an und verlässt dann das Schlafzimmer.

Oh je, was hat der denn für Probleme? So ein mieses Ekel! Aber ein wirklich attraktives und talentiertes, muss ich schon zugeben! Ich starre ihm ungläubig hinterher. Das werden wohl die unfreundlichsten vier Tage meines bisherigen Lebens. Doch dieser Mann verschaffte mir meinen ersten wirklichen Orgasmus und das, ohne in mich einzudringen oder sich selbst zu befriedigen. So durfte sich mein Körper noch nie anfühlen und ja, ich möchte mehr, viel mehr davon!

Die verführerischen Gedanken an das eben Erlebte, lassen meinen Unterleib schon wieder erwartungsvoll summen und ziepen. Ich glaube das einfach nicht! Die teuflischen Berührungen seiner Finger an meiner empfindsamsten Stelle sind noch deutlich präsent und tatsächlich fühlt sich meine erwachte Mitte nass und bereit an. Ich muss mich unbedingt ablenken. Was hat dieser dominante Kerl nur mit mir angestellt?

Trotz meiner unterschwelligen Angst schlüpfe ich ins angrenzende Bad und lasse ein duftendes Schaumbad ein. Jannic Preankert muss warten. Ich soll mir schließlich das Make-up wegwaschen. Kann er gern haben. Ich lasse meine Kleidung achtlos auf den Boden fallen und steige nackt ins heiße Wasser. Es prickelt auf meiner überreizten Haut. Herrlich, wie das duftet! Nach exotische Blüten und Kokos.

Genüsslich lasse ich mich durch den dicken Schaum in die riesige Wanne gleiten. Dabei fällt mein Blick auf die Türleiste mit dem angekündigten Kleid. Es hängt ordentlich auf einem Bügel, scheint aus weicher Seide zu sein, ist luftig geschnitten, ziemlich kurz und blütenweiß. Ich muss trotz meiner Angespanntheit grinsen. Darin werde ich wie eine unschuldige Jungfrau aussehen, die ich ja bin.

Okay, er treibt es wohl gern auf die Spitze. Kein Make-up und keine Hosen! Bin ich für ihn eine heimliche Fantasie, die er sich erfüllen will? Okay, sollte mir irgendwie auch egal sein. Ich werde 50.000 Euro bekommen und die „Venusfalle“ als erwachsene Frau verlassen, die alles weiß und sich vielleicht auch deutlich selbstsicherer fühlt. Wenn ich durch seine Sexschule gehe, bestimmt!

Ich sollte dem Schicksal dankbar sein, mich bereitwilliger fügen und nicht länger dagegen ankämpfen. Doch leicht werde ich es ihm trotzdem nicht machen. Und das nicht einmal absichtlich. Er ärgert sich bereits, wenn ich nur meine Nase krause. Dabei merke ich das erst, wenn er mich grimmig darauf aufmerksam macht. Wie soll ich im Voraus ahnen, was er von mir erwartet? Jannic Preankert scheint ziemlich schnell wütend auf mich zu werden und das wegen irgendwelchen Verfehlungen, die eigentlich gar keine sind. Zumindestens für mein Verständnis.

Ich seufze theatralisch und senke entnervt die Lider. Als ich sie wieder öffne, blitzen mich zwei dunkelblaue Augen an. „Was tust du da?“, knurrt er mich an und dabei berührt seine Nase fast die meine. „Kindisch, Maila!“, fügt er noch an und schlägt mir kurz und schmerzhaft auf den Oberschenkel. „Au!“, quietsche ich erschrocken und versuche, mich entsetzt aufzurichten. Spinnt der jetzt völlig!? Wütend will ich mein Bein über die Wanne schwingen und vergesse dabei, dass ich mich eigentlich für meine Nacktheit schäme. Doch das ist nicht sein Problem.

Er stößt mich unsensibel ins Wasser zurück. „Sitzen bleiben, Madame. Wenn du nicht zu mir kommst, dann steige ich eben zu dir!“, droht er mir böse, entledigt sich bereits seiner edlen Anzughose und lässt dann auch die anderen Sachen folgen. Er hängt seine Bekleidung sorgfältig über einen stummen Diener und nimmt kopfschüttelnd auch meine vom Boden auf. „Ich verpasse dir drei Hiebe auf deinen süßen Hintern. Das lasse ich dir nicht durchgehen, Maila. Du kannst dich nicht aufführen wie ein pubertierender Teenager und deine Klamotten durch die Gegend werfen!“, erklärt er mir streng und ergötzt sich sichtlich an meinem empörten Gesicht.

„Sie wollen mir auf den Po schlagen?“, kreische ich überfordert und versuche jetzt erst recht, aus der Wanne zu flüchten. Jannic knurrt noch wütender und drückt mich ins Wasser zurück. „Vier Hiebe, Maila, weil du mich schon wieder mit Sie ansprichst. Wenn du dich jetzt nicht kooperativer verhältst, nehme ich den fiesen Flogger aus der Kommode und benutze nicht nur meine bloße Hand, verstanden!“, droht er mir streng und unmissverständlich.

„Mich hat noch niemand auf so eine peinliche Art bestraft!“, fauche ich zurück und lasse mich ins Wasser zurückplumsen. Mehr als irgendwelche Verbote habe ich von meinen Eltern nie bekommen, selbst wenn ich den schlimmsten Unfug verzapfte. Jannics Strafe, werde ich hoffentlich zu verhindern wissen. Ein großer Schwapp ergießt sich über den Wannenrand und flutet prompt das Badezimmer. Preankert schüttelt fassungslos mit dem Kopf und steigt trotzdem zu mir in die Wanne.

Als ich ihn so splitterfasernackt vor mir sehe, wird mir ganz anders. Mein Blick schweift staunend über seine perfekte Figur, die herrlich definierten Muskeln und bleibt an seinem erigierten, erschreckend großen Schwanz hängen. Wie, verdammt, soll dieses riesige Teil in meine unberührte Vagina passen, ohne mir schrecklich weh zu tun? Sein Eindringen wird mich zerreißen, befürchte ich erschaudernd.

Preankert bemerkt meinen entsetzten Blick auf sein bestes Stück und grinst erneut. „Gefällt er dir, Maila?“, schockiert er mich erneut und umfasst ihn provozierend am Schaft. Ich werde erneut puterrot und schlage überfordert die Hände vors Gesicht. Er gleitet lachend hinter mir ins Wasser und umarmt mich mit seinen muskulösen Armen. Wenigstens scheint er nun besser gelaunt zu sein als noch vor wenigen Augenblicken. Genüsslich schiebt mir Preankert seine große Nase ins Haar und saugt den Duft meiner Haut in sich hinein. „Gott, wie süß du riechst!“, stöhnt er deutlich zufriedener und zieht mich fest zu sich heran.

Ich fühle seinen Harten an meinen Rücken und versuche mich aus seinem Griff zu lösen. Er grinst an meinem Hals und umklammert mich noch fester. „Du bist so herrlich schamhaft, Maila. Das werde ich dir mit Freuden austreiben. Lass dich fallen. Gib mir die Macht über deine Lust, Kleines. Jetzt gleich! Du wirst es nicht bereuen“, knurrt er und beißt mir zärtlich in den Nacken. Verfahren so nicht wilde Löwenmännchen mit ihren brünstigen Katzen?

Shit, ich hasse mich gerade selber. Vor allem, weil mich seine animalischen Liebkosungen nicht abstoßen. Ganz im Gegenteil. Ich schnurre fast und fühle mich wie noch nie in meinem bisherigen Leben. Da umschlingt mich gerade ein Gott von einem Mann und er will mich. Warum, verdammt? Was ist so besonders an mir unreifem Gänschen, dass sein Schwanz zum Bersten anschwillt?

Meine Geilheit erwacht vollends und ich kann nicht anders, als mich an Jannics Brust zu lehnen und seine fordernden Zärtlichkeiten zu genießen. Falls dies ein Traum ist, möchte ich gerade nicht aufwachen. Jedenfalls nicht im Moment. Das wird sich sicher ganz anders anfühlen, wenn er seine dicke Eichel vor meinen unberührten Eingang platziert und in mich stoßen will. Nein, das möchte ich mir lieber nicht vorstellen. Ich bin so ein heuchlerischer Schisser …

12. KAPITEL

Ich fühle mich völlig eingehüllt von diesem Mann. Er ist einfach riesig und umschlingt mich mit seinen Armen, Beinen und drückt meinen Körper fest an sich. Ich habe die Schamgefühle aufgegeben, die sein harter Schwanz an meinem Hintern auslöst. Er reibt sich sogar an mir. Ich versuche mich nicht dagegen zu wehren und er belohnt meine Hingabe mit zärtlichen Küssen an Hals und Nacken. Wow, wenn ich nicht im duftigen Wasser sitzen würde, müsste ich mir um die spürbar entstehende Nässe zwischen meinen Beinen Gedanken machen.

Seine Großen Hände umfassen meine Brüste, kneten sie etwas fester, als ich aushalten kann. Wimmernd versuche ich meine Arme aus seinem Klammergriff zu lösen. Doch Jannic Preankert grinst an meinem Hals, beißt mir in das weiche Fleisch und zwickt in meine harten Nippel, bis ich keuche. Irgendwie durchfahren mich die ungewohnten Schmerzimpulse wie Stromstöße und manifestieren sich auf berauschende Weise in meiner pochenden Klit. Gott, wie macht er das nur? Ich will, dass er sofort aufhört, und doch sehne ich mich nach seinen groben Tätlichkeiten, als bräuchte ich sie wie Luft zum Atmen. Mein Körper kann nicht unterscheiden, ob er sich zurückziehen oder diesem Mann entgegendrängen soll.

Ich stöhne frustriert und fange hilflos an zu strampeln. Doch dies hat nur zur Folge, dass mich Jannic mittels seiner muskulösen Beine einkeilt und einen weiteren Biss auf meine Schulter platziert. Ich schreie überfordert und sacke endlich erschöpft zusammen, ergebe mich so meinem unvermeidlichen Schicksal.

„Bitte …!“, flüstere ich leise und weiß nicht, worum. Wieder lächelt Preankert in mein Haar. „Gut so, Madame. Lass dich fallen. Du hast sowieso keine andere Wahl. Maila, entspann dich endlich!“, grummelt er zufrieden und beginnt mit einer Hand meine überempfindliche Perle zu reiben und mit der anderen seinen Schwanz zu massieren. „Wir bringen es jetzt hinter uns!“, knurrt er etwas grimmiger und dreht mich urplötzlich auf die Knie, ehe ich den Sinn seiner Ankündigung begreifen kann.

Oh nein! Er will mich jetzt gleich und hier in der Badewanne entjungfern! Dabei wollte er doch warten, es langsamer angehen und erst die geschäftlichen Parameter klären, vor allem aber meine Zustimmung haben. Ich fange augenblicklich an zu zittern. Er muss mich in Position halten. Meine Knie sind wieder aus Wackelpudding, die Hände knicken mir weg. Die köstlichen Berührungen seiner Finger an meiner überempfindlichen Klitoris lassen mich wohlig aufstöhnen. Ich will es, will es nicht, habe Angst und doch bebe ich von Lust überwältigt.

„Der Vertrag …?“, versuche ich einen letzten Aufschub herauszuschlagen. Doch Jannic drückt bereits seine Eichel an meinen Eingang. „Scheiß Vertrag, Maila … Du machst mich verrückt vor Lust. Es geht nicht mehr anders. Ich ficke dich jetzt. Deine süße Unschuld treibt mich noch in den Wahnsinn. Das kann jetzt etwas wehtun. Entspann dich, Kleines …!“, fährt er mich an und zieht mein Becken zu sich heran.

Ich erschaudere und kneife erschrocken die Augen zu. Gleich habe ich es hinter mir. Dann wird der Sex immer besser, so der Tenor meiner aufgeklärten Freundinnen. Doch was dann kommt, überwältigt mich völlig. Ich schreie wie eine Wahnsinnige und versuche mich zu retten. Vergeblich. Er hält mich fest umklammert. Kaum hat Jannic seinen großen Schwanz ein Stück in mich hineingeschoben, trifft er auf den berüchtigten Widerstand und ich vergehe unter den brennenden Schmerz und dem übermächtigen Druck, den er mir zumutet. Jannic verharrt einen Augenblick und ich spüre, wie auch seine Beine zu zittern beginnen. Jedoch nur, weil er sich im Moment der größten Lust zurückhält. Er gibt mir Zeit, mich an sein massives Eindringen zu gewöhnen.

„Es tut mir leid …!“, keucht er gepresst und schiebt dann seinen Schwanz bis zur Wurzel in mich hinein. Ich ersticke fast vor Schmerz. Tränen schießen aus meinen Augen. Welches miese Arschloch hat behauptet, das erste Mal wäre wundervoll. Kai!!! Ich kratze ihm die geschminkten Augen aus dem Kopf, diesem schamlosen Lügner. Tja, er besaß ja auch nie ein Jungfernhäutchen und meines war wohl besonders empfindlich.

Ich fühle mich zerrissen und auch das Wasser zwischen meinen Beinen färbt sich leicht rosa. Ich blute tatsächlich. Jannic schiebt sich immer wieder in mich hinein und hält mich weiterhin in Position. Mir ist, als durchfährt mich bei jedem Stoß ein stumpfes Messer und zerreißt mich weiter. Er wird immer schneller und endlich bäumt er sich brüllend auf, ergießt sich in heftigen Schüben in meine enge Vagina. Mit einem animalischen Knurren lässt er sich auf meinen zitternden Körper sinken und zieht mich irgendwann wortlos an die Brust. Er atmet schwer und streichelt mir träge über das nasse Haar.

Ich weine still und bin einfach nur froh, dass ich es hinter mir habe und seit einem halben Jahr die Pille nehme. Nie und nimmer lasse ich ihn jemals wieder in mich eindringen. Dieser Mann ist ein überdimensionierter Gigant und nicht passend für meinen zarten Körper.

Jannic hat endlich seine Stimme wiedergefunden. Er umarmt mich noch fester. „Du bist meine erste Jungfrau, Maila. Ich danke dir für diese wunderbare Ehre. Wirklich, es ist etwas ganz Besonderes, der erste Mann im Leben einer so schönen Frau zu sein. Es tut mir sehr leid, dass ich nicht gefühlvoller vorgehen konnte. Deine Süße und deine niedliche Unschuld bringen mich einfach zum Beben. Ich verspreche dir, wenn du geheilt bist, werden wir eine lustvolle Zeit haben!“, eröffnet er mir, als wäre er nicht wie ein unbeherrschter Wüstling über mich hergefallen.

Ich werde diesen Vertrag nicht unterschreiben und heute noch verschwinden. Dieses blöde Jungfernhäutchen bin ich nun schließlich los. Scheiß auf sein Geld. Ich will es nicht mehr haben. Nie wieder lasse ich mich von diesem Tier nehmen. Die Schmerzen sind noch viel zu präsent und manifestieren sich pochend in meiner Mitte. Alles fühlt sich taub an.

Ich winde mich umständlich aus seiner Umarmung und steige flink aus der Wanne. Ein kleines Rinnsal helles Blut läuft mir die weißen Schenkel herunter und ich hasse ihn noch heftiger, als ich es bemerke. Seine Augen verfolgen meinen Blick und er lächelt triumphierend. „Das war's, Jannic Preankert. Ich will, dass du mich nach Hause fährst. Sofort!"

13. KAPITEL

Jannics Miene verfinstert sich schlagartig. Er springt ebenfalls aus dem Wasser, sodass es überschwappt, und drängt mir ein kleines Handtuch zwischen die Beine, noch bevor ich dagegen protestieren kann. Dann wickelt er mich knurrend in ein übergroßes Saunatuch und hebt mich, trotz heftigen Widerstandes, in seine Arme.

Er trägt mich ins Schlafzimmer und packt mich dort wie ein Bündel aufs Bett. „Du gehst nirgendwohin! Nicht bevor die vier Tage verstrichen sind, Madame. Ich erlasse dir sogar deine verdiente Strafe, weil du genug gelitten hast. Aber ich werde auf keinen Fall zustimmen, dass du nach Hause fährst. Wir sind noch lange nicht fertig miteinander. Und sei endlich still, Maila! Ich hasse es, wenn Frauen sich aufführen wie hysterische Zicken! Das passt nicht zu dir!“, fährt er mich dunkel an und knallt die Tür hinter sich zu.

Ich zucke bei dem lauten Knall zusammen. Endlich bin ich allein und starre entgeistert auf das geschlossene Türblatt. „Du grober Klotz!“, fauche ich ihm ungehört hinterher und vergrabe dann weinend mein Gesicht in die duftigen Kissen unter mir. Wie konnte ich nur so blöd sein und mich diesem dominanten Kerl ausliefern? Doch das passierte irgendwie. Kai! Dieser Name schmeckt mir bereits bitter auf der Zunge. Ich bringe ihn um! Genau. Er muss doch gewusst haben, wie Jannic Preankert tickt. Immerhin ist er Stammgast in der „Venusfalle“! So ein mieser, kleiner Arsch. Ich werde nie im Leben mehr auf Schwule hören. Erst recht nicht, wenn es um Sex oder Liebesdinge geht. Trotz meiner Wut werden mir die Lider schwer und ich nicke schließlich traumlos ein.

Ich erwache, als mir eine große zärtliche Hand das zerzauste Haar aus dem Gesicht streicht. Blinzelnd muss ich mir die aufreibenden Ereignisse dieses Tages erst wieder ins Bewusstsein zurückholen und mich dann für eine passende Gefühlsreaktion entscheiden. Ah ja, ich war wütend wegen des unsensiblen Ficks in der Wanne. Scheißkerl! Grimmig schlage ich Preankerts streichelnde Hand weg. Er knurrt mich dafür frustriert an. „Immer noch auf Krawall gebürstet, kleine Lady?“, erkundigt er sich dunkel und zieht mir die Decke mit einem Ruck vom Körper.

Das Saunatuch ist in den Tiefen der weichen Kissenberge verschwunden und auch das blutige Handtuch scheint unauffindbar verschollen. Das heißt natürlich, dass ich jetzt völlig nackt und entblößt auf dem Seidenlaken liege und ihm schutzlos ausgeliefert bin. Ich sehe, wie sich sein Blick verdunkelt und er merkbar erstarrt. Seine dunkelblauen Augen gleiten über meine weiblichen Vorzüge und er schluckt mehrmals trocken. „Zieh endlich das verdammte Kleid an!“, befiehlt er mir heiser und wendet sich fluchend ab. „Ich habe ein Essen für uns kommen lassen. Beeile dich. Auch wenn ich gerade ganz anderen Hunger verspüre …!", flucht er grimmig und verlässt dann das Schlafzimmer mit festen Schritten.

Ich grinse triumphierend. Okay, ihm gefiel offensichtlich, was er zu sehen bekam. Doch ob das für mich von Vorteil ist, wage ich fast zu bezweifeln. Wütend stapfe ich ins Badezimmer und möchte ihm seine strengen Befehle am liebsten um die Ohren pfeffern. Das wird nicht besser, als ich meine Wundheit zwischen den Beinen spüre. Jeder Schritt brennt und ich frage mich, ob es allen Frauen so geht, die ihre Jungfernschaft einbüßen. Gott, wenn ich nun wenigstens Ruhe vor ihm hätte. Doch die nächsten vier Tage werde ich gezwungen sein, mich diesem, zugegeben äußerst attraktiven, Dom zu stellen.

Als ich in das weiße Seidenkleid schlüpfe, welches mir tatsächlich wie angegossen passt, suche ich vergeblich nach irgendwelcher Unterwäsche. Jetzt ist mir wirklich zum Zetern zumute. Wo, verdammt, ist mein roter Koffer? Darin sind zwar keine verführerischen Dessous, aber ganz passable Höschen zu finden. Immerhin hat Jannic behauptet, er hätte den Trolley nachholen lassen. Doch ich finde ihn nirgends.

Wie eine Furie stürme ich durch die Tür in das Wohnzimmer und sehe Preankert tatsächlich am Tisch sitzen und zwei Gläser Wein eingießen. Vor ihm stehen einige Teller mit silbernen Hauben. Er fährt erschrocken herum. Wahrscheinlich hat er mit so einem lautstarken Auftritt meinerseits nicht gerechnet. Ich kreische viel zu hoch und er hält sich instinktiv die Ohren zu. Doch das macht mich nur noch zorniger. „Wo ist mein Koffer abgeblieben? Ich brauche Unterwäsche! Das Kleid ist übrigens viel zu kurz und erst recht zu dünn!“, füge ich an und zerre an dem Stoff, als wäre er kratzig auf der Haut. Ist er aber nicht! Doch ich bin außer mir und zische in Rage geraten: „Außerdem verlange ich, sofort nach Hause fahren zu dürfen. Steck dir deinen irrsinnigen Sexvertrag sonst wohin!“ Ich stütze meine Hände grantig in die Hüften und starre ihn erwartungsvoll an.

Preankert reißt erst ungläubig die Augenbrauen nach oben und plötzlich lacht er schallend. Also, mit allem habe ich gerechnet, nur nicht mit einem Heiterkeitsausbruch seinerseits. Scheiße, darauf fällt mir nichts mehr ein. Jannic kugelt sich auf der Couch und kriegt sich gar nicht mehr ein vor Lachen. Dabei schlägt er sich ausgelassen auf die Oberschenkel und winkt mich heran. Endlich beruhigt er sich wieder und zieht mich mit Nachdruck auf das edle Sitzmöbel. Seine Mundwinkel zucken immer noch, doch er wirkt endlich ernster.

„Also, Madame. Den Vertrag kannst du getrost vergessen. Du bist so gruselig unerfahren, den hältst du nie und nimmer ein, ohne ständig Bestrafungen kassieren zu müssen. Das verdirbt mir zwar den Spaß, doch du sollst schließlich auch auf deine Kosten kommen und nicht ständig kreischend über meinen Knien liegen. Ich habe das Papier bereits zerrissen und entsorgt. Wir stellen kurzfristige und mündliche Regeln auf, welche der gegebenen Situation angepasst sind und die du auch gehorsam befolgen wirst. Immerhin gehörst du längst mir, meine süße, kleine Sub.

Unterwäsche trägst du hier nicht! Es sei denn, Antony hält sich hier auf oder ich hetze dir das Beautyteam der 'Venusfalle' auf den Hals. Carmen mag es nicht besonders, nackte Muschis blitzen zu sehen. Da ich aber diese wenigen Zusammentreffen selbst arrangiere, weiß ich vorher, wenn du ein Höschen brauchst und wann nicht. Jetzt ist jedoch keiner dieser Momente gekommen, Maila. Also sei still und iss etwas. Solltest du dich weiterhin nicht benehmen, wie es sich für meine brave Sub gehört, muss ich dir leider Konsequenzen androhen und, wenn nötig, auch unverzüglich angedeihen lassen. Also, Madame, zerstör nicht das wunderbare Bild, das ich von dir gewonnen habe", erklärt er mir plötzlich seltsam geduldig, so als würde er mit einem Kind reden und nicht mit einer volljährigen Einserabiturientin.

Nun koche ich erst recht vor Wut, traue mich aber nicht zu widersprechen. Das Letzte, was ich will, ist neben meiner wunden Vagina auch noch einen brennenden Hintern zu riskieren. Den hat er mir schon einmal versprochen. Zum Glück hielt er sich zurück. Doch wenn ich ihn weiter reize, könnte ich durchaus den Kürzeren ziehen. Immerhin ist er mir körperlich deutlich überlegen. Da genieße ich lieber das wunderbare Essen, dessen herrliche Düfte sich bereits im ganzen Raum verteilen. Mein Magen knurrt wie ein griesgrämiger Wolf. Seine dämlichen Regeln kann er mir auch später noch erklären.

Jannic Preankert nickt zufrieden und schiebt mir einen vollen Teller mit äußerst leckeren Köstlichkeiten zu. Mehr Einladung brauche ich nicht. Noch bevor ich meine Gabel in die Hand nehme, ist seine gute Laune vorbei. „Kindisch, Maila!“, fährt er mich unvermittelt an. Oh Gott, was habe ich denn nun schon wieder angestellt. Ach ja, die Nase kraus gezogen! Mann, die Unart kann ich mir doch nicht innerhalb weniger Stunden abgewöhnen. Ich zelebriere diese Angewohnheit schon mein ganzes Leben, wenn ich Mama glauben darf. Ist dieser Kerl unentspannt.

Das Essen bewirkt tatsächlich, dass meine schlimmste Wut verebbt. Dies hat er mit Sicherheit eingeplant. Ich fühle mich schnell satt und träge. Der ungewohnte Weingenuss hat mich deutlich gelockert. Er mustert mich mit zusammengekniffenen Augen. Mich verstört diese ungefilterte Gier in seinem Blick und ich erschaudere ungewollt. Nun kommt es sicher knüppeldick. Ein ungewohntes Gefühl bemächtigt sich meines Körpers. Ich kann es nicht genau beschreiben. So ein Zwischending aus Lampenfieber, Furcht und Vorfreude. Beim Letzteren muss ich mich täuschen. Nein, tue ich nicht. Ich sehe auf seine männlichen Hände und will, dass er mich damit berührt, mich in den Wahnsinn streichelt oder unerbittlich in Position hält. Das muss ich mir einbilden. Ich kann doch nicht ganz bei Trost sein.

14. KAPITEL

„Zieh das Kleid aus, Maila!“, befiehlt er mir plötzlich und entfacht einen Gefühlsturm in mir, dem ich hilflos ausgeliefert bin. Instinktiv schlinge ich meine Arme um mich selbst, als würde mich diese Haltung vor meinen Empfindungen und seinem Zugriff schützen können. Völlig sinnlos. Jannic knurrt unzufrieden. „Ich wiederhole mich nicht besonders gern. Zieh das Kleid aus! Ich werde wiedergutmachen, was ich dir vorhin angetan habe, Maila. Merk dir die ultimative, alles umfassende Regel für diesen ersten Abend: Ich befehle und du gehorchst. Das ist nicht schwer, oder? Ausziehen!“, wiederholt er seine Aufforderung deutlich tiefer und mit einem gefährlichen Unterton, der mir augenblicklich das Blut in den Adern gefrieren lässt.

„Ich bin wund, Jannic!“, flüstere ich heiser und resigniere innerlich. Jannic nickt und schiebt mir gemächlich einen Träger über die Schulter. „Ja, und ich bin der verfickte Grund dafür! Du musst dich nicht fürchten. Ich werde dieses Mal ganz sicher nicht in dich eindringen. Das verspreche ich dir. Sollte ich mich wider erwarten nicht daran halten können, darfst du heute noch nach Hause. Und das, Madame, ist das Allerletzte, was ich will. Vertrau mir einfach. Zieh das Kleid aus! Tust du es nicht unverzüglich, reiße ich es kaputt und du läufst morgen den ganzen Tag nackt herum. Willst du das wirklich, Maila?“, erklärt er mir seltsam heiser und schiebt dann den zweiten Träger herunter.

Ich widerstehe der Versuchung, seine Hände wegzuschlagen. Wenn er wahr macht, was er mir gerade androhte, würde meine Weigerung zu einem Eigentor mutieren. Ich zweifle keine Sekunde daran, dass er dieses Kleid zerfetzt wie einen billigen Lumpen. Dabei scheint es ein exklusiver Designerfummel zu sein, wenn ich dem Label im Halsausschnitt trauen darf, welches ich mit offenem Munde entdeckte. Ich schnaube unwillig, ziehe es aber, so flink ich kann, aus.

Jannic nickt kurz, wendet sich ab und verlässt den Raum. Was? Ging es ihm nur um diesen beschissenen Machtkampf? Wieder fühle ich Wut aufkommen. Ich kann mit seinen Spielchen nichts anfangen. Mir hat noch keiner die wahren, die echten Spielregeln erklärt. Gibt es überhaupt welche? Und wenn, dann macht er sich die selbst! Gott, ist das frustrierend.

Zu meinem Entsetzen bin ich erregt und meine Mitte nicht nur feucht, sondern tropfend nass. Was ist nur los mit mir? Macht mich dieses schreckliche Domgehabe auch noch an? War ich deshalb Preankerts erste Wahl? Kai!!! Er muss gespürt haben, dass ich eine schlummernde devote Ader habe. Immerhin hat er mich stetig bevormundet und wie selbstverständlich dirigiert. Ich fand das auch noch wunderbar und legte es als Fürsorge um meine fragile Person aus. Ist es genau das? Brauche ich nach all den Lebenskämpfen endlich jemanden, der mich wenigstens sexuell entfesselt, auffängt und zeigt, wo ich hin will oder muss?

Zumindest scheint mein Körper ziemlich vertrauensvoll auf Jannic Preankerts Verhaltensweisen abzufahren. Meine Nippel pochen bereits merklich, sind angeschwollen und empfindlich, dabei hat sie Jannic gar nicht berührt, nicht einmal angepustet. Mein Unterbauch kribbelt, zieht erwartungsvoll und jede angeordnete Forderung von diesem sprunghaften Mann lässt mich, trotz berechtigter Wut, erschaudern. Was mein Bauch schon weiß, gefällt meinem Kopf noch lange nicht. Hey, verdammt, ich bin eine emanzipierte Frau und klug und … nun gut … noch ziemlich unbedarft in Liebesdingen. Außer Kais offenherzige Kommunikation rund um sein Lieblingsthema Sex war da nicht wirklich viel und währenddessen habe ich lieber schamhaft weggehört. Kais gruselig ins Detail gehende Beschreibungen seiner schwulen Abenteuer haben mir stets die Röte ins Gesicht getrieben. Was übrigens sehr zu seiner Erheiterung beitrug.

Okay. Ich muss mit dieser fruchtlosen Grübelei aufhören. Es sind vier Tage, eigentlich nur noch drei. Dann gehe ich vielleicht mit einem lädierten Schamempfinden, aber mit jeder Menge sexueller Lusterfahrung, ohne peinliches Jungfernhäutchen und mit einem gehörigen Batzen Geld für mein Medizinstudium nach Hause. Jedoch hoffentlich nicht mit einem zerbrochenen Herzen. Bisher ärgert mich Jannic Preankert mehr, als das, er mir ans Herz wächst. Doch ich ahne das gigantische

Potenzial, was in ihm schlummert, und ich bin scheinbar nicht immun gegen autoritär wirkende Vaterfiguren. Immerhin habe ich meinen viel zu früh verloren und ihn imaginär auf einen Kaisersockel gestellt. Doch verwechsle ich Fürsorge mit Machtgehabe? Oder setze ich sie gleich?

Meine Güte. Dabei habe ich noch nicht mal angefangen, Medizin zu studieren, und verstricke mich schon im freudschen Psychomist. Ich will mir wohl nur selber eine Entschuldigung ausschreiben, weil ich auf Jannic als Dom so peinlich erregt reagiere. Diese Tage in der „Venusfalle" werde ich irgendwie überleben müssen, ohne mit einem erklärenden Warum auszukommen, sonst kriege ich noch einen Nervenzusammenbruch. Vielleicht ergibt sich die Antwort ja ganz von selbst. Kai versucht ja auch nicht, seine geoutete Neigung zu Männern wegzutherapieren, sondern genießt sie schamlos und in vollen Zügen. Man kann schließlich nicht gegen seine wahre Natur ankämpfen. Aber diesem Mistkerl, Kai Banert, gewähre ich trotzdem keine Gnade. In vier Tagen drehe ich ihm nämlich eigenhändig und schmerzhaft langsam den tätowierten Hals um!

15. KAPITEL

Ich sitze also völlig nackt auf der kühlen Ledercouch und harre der Dinge, die da kommen sollen. Jannic vermute ich in seinem Büro, welches sich am Wohnzimmer anschließt. Ich lausche angestrengt und höre gar nichts. Kunststück. Der Raum ist mit einer extra dicken Sicherheitstür versehen, die kein Geräusch hindurchdringen lässt. Wer weiß, wie viele geschäftliche Transaktionen dort schon abgewickelt wurden, die geheim bleiben mussten.

Das Warten zerrt immer mehr an meinen Nerven und ich trinke fahrig den Wein aus, der angebrochen vor mir steht. Zweimal habe ich schon nachgegossen und die Flasche auf dem Tisch ist fast leer. So langsam steigt mir der ungewohnte Alkoholgenuss zu Kopf und ich fühle mich deutlich mutiger. Soll ich ihn rufen? Gott, nein! Jede Minute, die verstreicht, ist pures Geld und ich sollte froh sein, wenn ich dabei unbehelligt bleiben darf. Sollte ich? Meine Erregung ist jedenfalls verflogen. Stattdessen fühle ich mich wie bestellt und nicht abgeholt. Außerdem langweile ich mich zu Tode und die Zeit zum Denken tut mir auch nicht gut.

Ich will mir gerade den letzten Schluck des köstlichen Weines genehmigen, als plötzlich die Tür auffliegt und Preankert in seiner ganzen verstörenden Pracht im

Zimmer steht. Er füllt es komplett mit seiner erschreckenden Dominanz aus und ich zucke nervös zusammen. Sein Blick geht augenblicklich zwischen mir und der Weinflasche hin und her. Ein undefinierbarer Laut entweicht seinem Lippen, der sich in meinen Ohren gar nicht freundlich anhört.

„Was hast du dir nur dabei gedacht?“, knurrt er mich an und ist mit zwei kräftigen Schritten bei mir. Er reißt mir das gefüllte Glas aus der Hand. Dabei schwappt das edle Gesöff über den kuschligen Teppichboden und versickert darin. Das scheint Preankert jedoch wenig zu jucken. Mir fällt zeitgleich die Flasche aus der zitternden Hand. Nicht schlimm, denn sie ist schließlich so gut wie leer! Jannic funkelt mich trotzdem an.

„Das war's dann wohl für heute, Madame. Mit dermaßen viel Alkohol in Blut bist du nicht mehr fähig, innig genug zu fühlen. Nur eine Regel aufzustellen, ist eindeutig zu wenig für dich. Ich erweitere: Du isst und trinkst nur noch, wenn ich es dir sage und was ich dir erlaube. War es wirklich zu viel verlangt, auf mich zu warten? Es wird langsam Zeit, dass du dich mit Konsequenzen vertraut machst. Du nimmst mich wohl nicht für voll. Ich werde dich jetzt eines Besseren belehren, damit du es nicht wieder vergisst“, erklärt er mir seltsam rau und packt mich grob an den Oberarmen.

Ich blinzle überfordert und starre ihn ungläubig an. Hä, spinnt der jetzt total? Er hat mich doch nackt und allein auf der Couch sitzen lassen? Vielleicht sogar absichtlich, um so eine Situation zu provozieren, wie sie gerade passiert? Dieser unentspannte Kerl macht mich völlig fertig.

Preankert lässt sich tatsächlich auf das Sitzmöbel fallen und zieht meinen Körper über seine kräftigen Oberschenkel. Meinen nackten Hintern positioniert er erhöht und verletzlich auf seinen Beinen. Oh nein! Er wird es doch nicht wagen, mir jetzt ein Spanking anzutun? Von solchen Dingen habe ich maximal gelesen, doch es noch nie ausprobiert. Auf die Idee wäre ich auch nie gekommen.

Ein seltsames Gefühl macht sich in mir breit. Ich zittere erregt und bin völlig verspannt. Jannic hält meine Handgelenke umklammert und drückt dabei meinen Oberkörper auf die Couch herunter. Da meine Beine wie verrückt zappeln, hebelt er sie kurzerhand zwischen seinen ein. Ich kann mich nun kaum noch regen, so fest presst er mich in diese peinliche Lage. Wo nimmt der Mann nur diese extreme Kraft her. Kryptonit?

Ich versuche es noch ein paar Mal, mich gegen seine unerbittliche Umklammerung aufzulehnen. Er lässt mich seelenruhig austoben, bis mir der Schweiß aus allen Poren rinnt und ich keine Kraftreserven mehr habe. Endlich liege ich erschlafft über seinen Oberschenkeln und ergebe mich. Jannic knurrt zufrieden und löst seine rechte Hand von meinen Handgelenken. Die linke ist geschickt genug, um mich weiterhin zu halten.

So eine Aktion hat er mit Sicherheit nicht zum ersten Mal praktiziert. Ich bin gar nicht mehr fähig, weiter rumzuzicken. Weder körperlich noch emotional. So, als wolle mein Körper nur noch hinter sich bringen, was dieser erzürnte Dom mir gerade antun will. Dann spüre ich seine rauen Finger über meinen Rücken streichen. Erst ziehen sie kleine, träge Kreise auf meiner feuchten Haut und wandern dann hin zu meiner verletzlich positionierten Kehrseite.

Genüsslich lässt Jannic seinen riesigen Handteller ein Weilchen auf einer Pohälfte liegen und wechselt schließlich abwechselnd zur nächsten. Die einströmende Hitze wirkt irgendwie beruhigend auf mich und ich stöhne ungewollt, als er mich genau dort zu massieren beginnt. Angenehm fest, aber keinesfalls schmerzhaft. Will er meine Haut erst vorbereiten?

„Du hast einen herrlichen Arsch, Maila. Wie geschaffen für meine berechtigten Züchtigungen. Er ist so fest, rund und deine Haut wirkt fast elfenhaft zart. Ich werde diesen süßen Hintern zum Glühen bringen und du wirst schreien und mich um mehr anflehen, Madame“, keucht er nun deutlich erregt. Seine übergroße Erektion drückt hart und fest gegen meinen Unterkörper. Ich bin jedoch viel zu erschöpft, um mich jetzt noch über die ausgestoßene Drohung und seine körperliche Reaktion zu wundern.

Ich vertraue darauf, dass er seinen Schwanz, wie versprochen, bei sich behält. Obwohl ich diesen Mann kein winziges bisschen einschätzen kann, kommt mir nicht in den Sinn, dass er nicht Wort hält. Ich vertraue ihm!

„Du weißt, warum ich dich jetzt bestrafen werde, Maila?“, erkundigt er sich mit rauer Stimme und drückt dabei seine Finger auf meine Klit. Ich zucke erschrocken zusammen und bin plötzlich hellwach. Wie macht er das nur? Ich schiebe mich seiner köstlichen Berührung entgegen, soweit es mir in dieser Position möglich ist. Seine Hand an dieser Stelle ist einfach das Beste, was mir je passiert ist, und er verstärkt seine Bemühungen noch um einige Nuancen.

„Maila, ich habe dich was gefragt!“, knurrt er mich an und kneift mir in das kleine Stück Reizfleisch. „Aaaaah …!“, schreie ich auf und weiß nicht, ob aus Schmerz oder Lust. Eine verstörende Mischung, die mir komplett das Hirn ausschaltet.

„Nein … jaaa … zu viel Wein …!“, stottere ich und versuche, mich seiner süßen Folter zu entziehen. Er rückt mich fluchend zurecht und massiert erneut meine Perle, die nun deutlich heißer glüht und zuckt. Ich jammere überfordert und ergebe mich erneut.

„Gut so, Madame. Versuche dich zu entspannen. Dein Körper reagiert so wunderbar geil auf Schmerzreize. Du bist bereits klatschnass, ich könnte dich problemlos ficken. Doch keine Sorge, Süße, ich halte meine Versprechen“, flüstert er mir dunkel ins Ohr und plötzlich knallt seine Hand mit Wucht auf meinen Arsch. Ich erstarre vor Schreck und dann schießt der Schmerz wie flüssiges Feuer über meine Haut. Ein lang gezogener, schriller Schrei entweicht meinem Mund und das einschießende Adrenalin lässt mich Kräfte aktivieren, mit denen wohl auch ein Jannic Preankert nicht rechnete. „Du verficktes Arschloch!", kreische ich schmerzerfüllt und entwinde mich urplötzlich seinem Griff.

Jannic braucht eine winzige Sekunde, um der Lage wieder Herr zu werden. Seine Geduld mit mir scheint erschöpft. Schnaubend packt er meine Arme und zieht mich erneut in Position. Dann knallt er eine Salve kräftiger Hiebe auf meinen armen Hintern und lässt sich nicht von Fluchen, Schreien und Flehen meinerseits beeindrucken. Zwischendurch reibt er zärtlich über die malträtierte Haut und massiert meine überreizte Klit.

Gott, warum wimmere ich nicht nur vor Pein, sondern auch vor ungebremster Geilheit? Weil mich seine kundigen Finger auf meiner festen Perle um den Verstand bringen und die Hitze seiner Schläge ungebremst in eben dieses Stück Reizfleisch schießt! Hat er nicht vorhin geschimpft, ich könnte mit dem Alkohol im Blut nicht tief genug fühlen? Dann werde ich so eine Marter im nüchternen Zustand niemals überleben! „Bitte, bitte … bitte …", jammere ich und weiß nicht worum. Dass er ablässt, weitermacht oder mich endlich nimmt? Doch das wird er nicht und ich winde mich unter seiner heftiger werdenden Lustfolter.

„Du wirst mir in Zukunft gehorchen, Madame, und ich ficke dich hart. Morgen schon, Maila!", keucht er angestrengt und plötzlich wirft er mich blitzschnell auf den Rücken und drängt sich zwischen meine zitternden Beine. Ich schreie erschrocken auf und erwarte, dass er seinen harten Schwanz nun doch noch in mich drängt und mir dabei neue Lustschmerzen zufügt. Doch das tut er nicht. Er wichst seinen riesigen Penis mit der rechten Hand über mir und mit der linken bearbeitet er meine überreizte Klit. Ich hebe mich ihm entgegen und dann endlich explodieren wir beide.

Jannics entfesselte Erregung in den geweiteten Pupillen und die animalischen Töne, die aus seinem schönen Mund entweichen, wirken wie ein unfehlbares Aphrodisiakum auf mich, lassen mich den letzten Rest Selbstbeherrschung vergessen. Meine Vagina krampft und ich vergesse, wie wund ich bin. Doch Preankert zum Glück nicht.

Nach seinem feuchten Erguss auf meinem schweißnassen Bauch legt er sich befriedigt auf mich. Obwohl ich unter seinem muskulösen Körper kaum noch Luft bekomme, fühle ich mich seltsam wohl. So als hätte ich diesen verstörend attraktiven Mann zu Fall gebracht und nun genieße ich seine Kapitulation in vollen Zügen. Vorsichtig lege ich meine Hände auf seinen nackten Rücken und streichle ihn sanft. Er erstarrt ganz kurz, entspannt sich aber kurz darauf knurrend und vergräbt sein Gesicht in meiner Halsbeuge. Irgendwann beginnt er an meinem Ohrläppchen zu knabbern und wohlig zu grunzen.

„Dir hat das gefallen, Kleines!“, stellt er mehr als selbstbewusst fest und ich spüre das Grinsen an meiner erhitzten Haut. „Sag es, Maila! Du hast meine geile Züchtigung genossen. Wehe du lügst mich jetzt an. Ich kenne die Antwort deines Körpers bereits. Gestehe es dir selber ein!“, fordert er mich auf und erhebt sich dann langsam von meinem Oberkörper, um mir intensiv ins Gesicht sehen zu können.

Ich winde mich unter ihm und atme erleichtert ein. Die Luft strömt dankbar in meine gequetschten Lungenflügel zurück. Dann erst wage ich es, ihm in die stechenden Augen zu blicken. Dort sehe ich das echte Interesse an meiner Antwort. Was soll ich ihm nur sagen? Nein, ich will nicht, dass er mir weh tut, und ja, ich will seine geschickten Finger auf meiner gierigen Klit, bis ich vor Lust vergehe. Doch noch weiß ich gar nicht, warum ich so fühle und wie ich überhaupt explodieren konnte, obwohl er mir so ein Spanking antat.

Widerwillig winde ich mich unter seinem Körper hervor und setze mich umständlich auf. Verdammt, mein Hintern brennt höllisch und das reicht, um ihm eine unüberlegte Erwiderung an den Kopf zu pfeffern. „Wehe du machst das noch mal mit mir, Preankert. Das tat scheiße weh!“, fauche ich überfordert und will vom Bett springen, um mich vor ihm und seiner Reaktion auf meine freche Antwort zu retten. Doch Jannic Preankert hat mich schneller am Schlafittchen, als ich bis drei zählen kann.

„Vorsicht, Madame. Du bewegst dich auf gefährlich dünnem Eis. Du lügst mir tatsächlich frech ins Gesicht und das werde ich dir mit Freuden austreiben. Ab ins Bad mit dir. Ich muss dich verarzten“, befiehlt er mir dunkel und klatscht tatsächlich zwei kräftige Schläge auf meinen ohnehin schon höllisch brennenden Hintern.

Ich quietsche erschrocken und flüchte mit zusammengebissenen Zähnen ins Badezimmer. Ich werde mir das nächste Mal reiflicher überlegen, ob ich ihn unnötig provoziere. Denn ohne seine überaus köstlichen Finger auf meiner gierigen Perle schmerzen seine Übergriffe tatsächlich mehr, als ich ertragen möchte.

16. KAPITEL

Kaum bin ich im Bad verschwunden, steht er bereits hinter mir und dirigiert mich zum Waschtisch. „Beug dich darüber und halt still, Maila!“, knurrt er streng. Der kalte Marmor kühlt meine erhitzte Haut und lässt mich zusammenzucken. Er interpretiert es als Furcht und streicht mir fürsorglich über den Rücken. „Ich werde dir heute nicht mehr auf den Hintern schlagen. Entspann dich.“ Doch kaum legt er seine schwere, heiße Hand auf meinen Arsch, wimmere ich erneut. „Schscht …! Keine Sorge. Ich will deinen geröteten Stellen nur etwas Gutes tun und dann bringe ich dich ins Bett. Morgen hast du einige Beauty-Termine. Da solltest du gut ausgeschlafen sein“, erklärt er mir fast schon geschäftsmäßig und angelt dabei nach der Spiegeltür des Badschrankes über dem Waschtisch. Er quetscht mich dabei mit seinem ganzen Körper an das kühle Material und lässt mir keine Chance zu entkommen.

Ich keuche überfordert und blinzle aus den Augenwinkeln nach seinen geschäftigen Händen. Ich kann ihnen nach all dem nicht trauen und dann sehe ich, wie er eine Tube irgendeiner Salbe oder Creme öffnet und daraus einen Strang einer durchsichtigen Paste drückt. Den befördert er dann unvermittelt auf meine wunden Backen und arbeitet das kühlend wirkende Medikament vorsichtig in die Haut ein. Er wiederholt den Vorgang, bis mein kompletter Po behandelt ist.

Ich habe mich längst entspannt und beginne tatsächlich, seine Finger zu genießen. Wohlig lege ich meinen Kopf auf den Rand des Waschtisches ab und komme seinen Berührungen entgegen. Ich höre ihn zufrieden brummen. Doch plötzlich verirren sich seine Finger in die Spalte meines Hinterns und verteilen das Gel auffällig sorgfältig über meinen jungfräulichen Anus. Oh Gott, nein! Er wird mich doch dort nicht berühren wollen? Erschrocken verspanne ich mich unter seinen Bemühungen um meine dunkle Körperöffnung. Doch noch immer hält er mich sicher fixiert.

„Bitte nicht!", flehe ich, als ich den unnachgiebigen Druck eines seiner Finger genau an dieser Stelle verspüre, und versuche mich wegzudrehen. Doch einer seiner Finger penetriert mich bereits ein Stück und schiebt sich unerbittlich weiter. Es fühlt sich irgendwie geil an …

Ich schreie automatisch auf und versuche krampfhaft, die Pobacken zusammenzupressen. Doch Jannic hält sie mit seinen langen Fingern auseinander und knurrt mich böse an. „Ich werde mich auch mit Freuden um deinen herrlichen Arsch kümmern, Madame!", verspricht er mir dunkel und lässt dann aber Gott sei Dank von mir ab. „Später, Maila. Du machst mich unglaublich wild auf deinen wundervollen Körper. So schön und herrlich unberührt. Ich muss einfach jede hübsche Stelle von dir besitzen. Doch alles zu seiner Zeit!", sinniert er andächtig und streichelt mir ein letztes Mal über den wunden Hintern.

Ich wimmere erleichtert auf, obwohl mich dieses Versprechen alles andere als beruhigt. Das war nur ein Aufschub und definitiv kein Freispruch. Doch bin ich für so etwas überhaupt bereit? Er wird mich sicherlich nicht fragen, ob ich dem positiv gegenüberstehe! Das habe ich so langsam begriffen.

Jannic wartet nicht auf eine Antwort, sondern schiebt mich vor sich her ins Schlafzimmer. „Leg dich jetzt hin, Maila, und schlaf dich aus. Das war wohl heute etwas viel für dich und du brauchst ein wenig Schonung. Morgen beginnt unser zweiter Tag und der wird dir sicher einiges abverlangen. Doch habe keine Angst davor, Kleines. Du kommst mit Sicherheit auch auf deine Kosten! Vergiss bitte nicht, dass du mit einem hübschen Sümmchen nach Hause gehen darfst und dass du es genauso willst. Also denk nicht mal daran, von hier fliehen zu wollen. Du hast nicht den Hauch einer Chance, deinen devoten Gefühlen zu entkommen. Nicht mehr! Außerdem: Antony passt rund um die Uhr auf dich auf. Er wacht direkt vor der Tür. Gute Nacht, Maila! Schlaf gut!“ Damit dreht er sich um und verlässt mich.

Irgendwie habe ich das Gefühl, er flüchtet aus dieser Situation. Kann er sich gerade schlecht beherrschen, weil ich so nackt und verletzlich vor ihm stehe? Wieder durchströmt mich ein unerklärliches Triumphgefühl, welches jedoch schnell wieder abebbt. Pah, vergiss es, Maila! Wer hat denn hier gewonnen und zwar auf ganzer Linie? Ich jedenfalls nicht. Doch die paradoxen Empfindungen gehören nun wohl für ein paar Tage zu meiner Gefühlswelt. Weder Jannic Preankert noch Antony Becker werden mich aus den Augen lassen. Das steht fest wie das Amen in der Kirche. Denn: Etwas an dieser Situation gefällt mir …

Frustriert krieche ich in das riesige Bett und wickle mich in die duftigen Decken ein. Als ob mich das beschützen könnte! Sicher nicht! Ein Ruck und Jannic Preankert hätte mich nackt und bloß vor sich liegen. Doch ich bin viel zu müde, um mich jetzt noch zu fürchten. Ich schlafe schnell und übererschöpft ein. Morgen ist die Gnadenfrist einer erholsam verbrachten Nacht vorbei. Irgendwie bin ich froh, dass er gerade nicht neben mir liegen will.

Irgendwann werde ich durch Stimmen wach, die erst wie von fern und dann plötzlich deutlicher an mein Ohr dringen. Erschrocken setze ich mich auf und sehe mich einer winzigen Thailänderin und einem riesigen, dunkelhäutigen Mann gegenüber. Ich schreie erschrocken auf und suche verzweifelt nach einer Fluchtmöglichkeit. Doch im Türrahmen steht Jannic Preankert und mustert mich amüsiert.

„Guten Morgen, Maila! Du schläfst eindeutig zu lange. Ab mit dir ins Bad und dann möchte ich, dass du ausgiebig frühstückst. Darf ich dir Li und Jack vorstellen? Sie werden das Zimmer für dein Beautyprogramm vorbereiten, während du duschst und ein Frühstück zu dir nimmst. Beweg dich, Maila. Ich habe nicht viel Zeit.

Ich muss heute arbeiten. Wenn du fertig bist, darfst du dich ein wenig ausruhen, speisen und mich dann für unsere zweite Session erwarten“, eröffnet er mir streng und lässt dabei keinen Zweifel aufkommen, dass mein Tag genau so ablaufen wird.

Ich schlucke trocken und räuspere unbeholfen. „Ich will doch lieber nach Hause, Jannic. Das heißt, ich weiß es nicht genau“, stottere ich unsicher und ernte einen ärgerlichen Blick aus seinen blitzenden Augen. „Hör auf zu betteln, Madame. Das steht dir nicht. Ich werde dich für deine unmögliche Bitte bestrafen müssen. Denk an die Regel. Ich befehle und du gehorchst ohne Widerspruch. Hast du das immer noch nicht begriffen? Diese drei Tage wirst du durchstehen und dann fürstlich entlohnt nach Hause gehen. Wage es nicht, noch einmal zu fragen. Gib mir wenigstens die Illusion, dass du dich nach meinen sexuellen Bemühungen sehnst und sie dir auch gefallen“, fährt er mich böse an und scheint nun wirklich verärgert zu sein.

Erschrocken ziehe ich den Kopf ein und flüchte wortlos ins Badezimmer. Hoffentlich beruhigt er sich wieder, bis ich fertig geduscht habe. Die beiden fremden Personen machen mich zusätzlich nervös. Ich höre sie miteinander reden und Vorbereitungen, für was auch immer, tätigen. Die angekündigte Bestrafung macht es auch nicht besser.

Zitternd lasse ich das warme Wasser über meinen Körper prasseln. Irgendwann werde ich durch ein Klopfen aus meinen verwirrten Gedanken gerissen. „Fräulein Wolmershain, bitte kommen jetzt Sie zum Frühstück. Mister Preankert wird sonst sehr ärgerlich auf Sie!“, höre ich die Thailänderin wispern und ich beeile mich nun heftigst. Nach dem Abrubbeln schlüpfe ich flink in das helle Kleid und bin froh, dass er es am Vortag nicht zerrissen hat. Nach einem Höschen suche ich erst gar nicht. Es wird sich sowieso keins anfinden.

Endlich trete ich ins Wohnzimmer und finde Jannic an einem reichlich gedeckten Tisch und hinter dem Sportteil einer Tageszeitung wieder. „Setz dich endlich, Süße, und iss!“, knurrt er mich schon versöhnlicher an, ohne von seiner Zeitung aufzusehen. Ich muss innerlich grinsen. Er ist doch nur ein ganz gewöhnlicher Mann, der sich vom Sport faszinieren lässt.

Doch kaum habe ich diesen Gedanken ausgebrütet, faltet er die Seiten zusammen und starrt mich eindringlich an. Sein Blick gleitet über meinen Körper und ich muss unvermittelt schlucken. Wie macht er das nur? Schon allein die Intensität, mit der er mich mustert, lässt mir seine Gier auf mich bewusst werden. Meine Aufmerksamkeit fällt auf seine extrem männlichen Hände. Sie haben mich am Vortag gestreichelt, köstlich berührt, aber auch gnadenlos gespankt, bis ich den Lustschmerz kaum noch aushalten konnte. Was werden sie heute mit mir anstellen? Er kündigte mir bereits eine Bestrafung an.

Ich schlucke trocken und greife fahrig nach einem knusprigen Croissant. Er muss mir meine Gedanken ansehen und lächelt, während er Kaffee einschenkt.

„Du hast im Moment nichts zu befürchten. Ich bin in Eile, Madame. Du wirst morgen eher aufstehen. Kai wird dich früh besuchen und deine Haare machen. Jedoch sieh es als Belohnung, wenn du dich heute so benimmst, wie ich es von dir erwarte. Also du befolgst die Regeln, die ich für heute aufstelle, und du bekommst morgen Besuch von deinem besten Freund. Hast du das verstanden, Maila?", erkundigt er sich streng und wartet auf meine Antwort. Ich nicke und beiße lustlos in das fettige Gebäckstück. Innerlich freue ich mich, diesen kleinen, schwulen Mistkerl zwischen die Finger zu kriegen. Ich werde mir den ganzen Tag lang ausmalen, was ich ihm an den stylisch frisierten Kopf werfe, und ihn dann nötigen, mich nach Hause zu fahren. Doch nun muss ich erst mal das Heute überstehen und mich auch noch so verhalten, wie es sich Mister Grimmig vorstellt.

Da ich widerstandslos zustimme, entspannt sich Jannic sichtlich und er reicht mir eine gefüllte Tasse Kaffee. „Gut. Es geht doch, wenn du willst! Du lässt das Beautyprogramm brav über dich ergehen und benimmst dich meinen Angestellten gegenüber vorbildlich. Dann ruhst du dich aus und isst, was dir Antony ins Appartement bringt. Anschließend wartest du auf mich. Du kannst dir gern eine DVD ansehen oder auch lesen. Ich möchte, dass du gut ausgeruht bist, bevor ich dich ficke. Denn heute bist du genug geheilt, Maila. Hast du mich verstanden?", erkundigt er sich dunkel und sieht mir dabei fest in die Augen.

Oh Gott, diese Ankündigung macht mich völlig fertig und vor allem appetitlos. Ich lege das angebissene Croissant auf meinen Teller zurück und starre ihn erschrocken an. „Iss, Maila!“, fährt er mich an und legt mir dabei ein gekochtes Ei auf den Teller. Ich quäle mir das Frühstück hinunter und bin erleichtert, als dieser grantige Dom wenige Minuten später das Appartement verlässt. Doch dann fallen die beiden Angestellten über mich her. Die hatte ich schon fast vergessen.

„Bitte, Fräulein!“, steht plötzlich die winzige Thailänderin mit einem breiten Lächeln in der Tür und zeigt Richtung Schlafzimmer. Ich trotte ihr lustlos hinterher und staune überwältigt, als ich hinter ihr eintrete. Der dunkelhäutige Jack steht zur Säule erstarrt an der Seite, mit verschränkten Armen und einem pseudoneutralen Ausdruck im Gesicht. Auf dem Bett wurde ein schwarzes Laken gespannt und im Zimmer stehen brennende Kerzen verteilt, welche einen herrlich exotischen Duft verströmen. Im Hintergrund nehme ich eine südländisch klingende Melodie wahr, die mich seltsam milde stimmt.

„Bitte ziehen aus und legen auf Bett, Fräulein!“, erklärt mir die kleine Frau gebrochen und mit einem deutlichen Akzent in der Stimme. Ich runzle die Stirn und mein Blick huscht hastig zu diesem gigantisch anmutenden Jack. Ich soll mich vor diesem Monstrum ausziehen? Never! So schüttle ich heftig den Kopf und zeige auf den männlichen Giganten an der Seite.

Die Thailänderin bleibt weiterhin freundlich und deutet erneut auf das Bett. „Mister Preankert sehr böse, wenn nicht hören auf mich. Jack ist Profi. Er sieht nicht nackig Brust und Muschi! Außerdem, er machen Liebe nur mit Mann“, erörtert sie mir lächelnd. Ich schnappe empört nach Luft. Wo bin ich denn hier nur hingeraten? Das lasse ich mir trotzdem keinesfalls gefallen. Wenn die denken, ich ziehe mich vor jedem aus, dann haben sie sich geschnitten.

Schnaubend drehe ich mich um und will umgehend das Schlafzimmer verlassen. Doch ich hätte mir ja denken können, dass ich keine Chance bekomme, mich dem Beautyprogramm auf diese Weise zu entziehen. In Windeseile hat sich dieser Jack aus seiner Erstarrung gelöst und mich blitzschnell meines Kleides entledigt. Dieses Mal hielt es der Attacke leider nicht stand. Lustvoll wimmernd lasse ich zu, dass er mich auf das Bett wirft und mir klarmacht, dass ich dem Ganzen bereits zugestimmt habe. Shit, und irgendwie reizt mich diese Fixierung mit Ledermanschetten total!

Nun liege ich wie ein nacktes menschliches X auf dem Laken. Die beiden Angestellten gehen für eine halbe Stunde aus dem Zimmer und lassen mir Zeit zum Eingewöhnen. Geduldig warte ich auf deren Rückkehr und bin froh, als sie mit einem reichlich bestückten Kosmetikwagen zurückkommen. Jack nimmt seine erstarrte Haltung wieder ein und würdigt mich keines Blickes mehr. Die Tailänderin jedoch beginnt mit einer Beauty-„Folter“, die ich mein Lebtag noch nicht überstehen musste: die Haarentfernung mit Wachs und das an all meinen empfindlichen Stellen!

Ich schreie mir fast die Seele aus den Lungen und verfluche die junge Frau und vor allem Jannic Preankert, dass sie mir eine solche Behandlung zumuten. Ich dumme Gans: Wie kann man sich so etwas nur freiwillig antun? Mein misshandelter Venushügel glüht und selbst alle anderen Stellen meines geschundenen Körpers schreien von der schmerzhaften Entfernung sämtlicher Haare. Ich bin irgendwann glatt wie ein Baby und habe keine Tränen mehr, als sie endlich fertig mit mir ist.

Schluchzend lasse ich mir auch noch eine professionelle Maniküre und Pediküre gefallen, die fast schon entspannend wirkt und mich dann doch ein wenig versöhnlicher stimmt. Doch danach kniet sich dieser riesige, schwarze Jack, und das nur mit einer Boxershorts bekleidet, über mich und träufelt aus einem exklusiven Flakon ein duftendes Öl auf meinen überempfindlichen Körper. Ich winde mich in meinen unnachgiebigen Fesseln und versuche den Berührungen dieses wild anmutenden Mannes zu entkommen. Was hat er vor?

Ich werde ganz bleich und schreie ihn überfordert an. „Runter von mir, du schwarzes Scheusal!“, kreische ich, weil er sich von meinem heftigen Wutausbruch nicht beeindrucken lässt. Dann beginnt er, meinen Körper zu massieren. Er muss ein gelernter Masseur oder so etwas Ähnliches sein, denn er bearbeitet meine Haut so professionell, dass ich mich irgendwann entspannen kann und ihn endlich machen lasse. Als er zum Schluss jedoch meinen nackten Venushügel und die empfindlichen Schamlippen massiert, versuche ich erneut zu protestieren. Doch er lässt sich nicht beeindrucken und bearbeitet auch ungeniert meine nackte Bikinizone.

Gott, ist mir das peinlich! Doch für ihn scheint diese Behandlung zum Alltag zu gehören. Ich kann keine Erektion bemerken, obwohl er auf meinen Oberschenkeln sitzt. Wie kann man sich sexuell nur so eisern beherrschen? Ach ja, er mag ja nur Männer.

Meine Haut fühlt sich schon fast wieder gut an. Die Haarentfernung ist bereits halb vergessen. Nach dem Beautyprogramm löst Jack meine Ledermanschetten und massiert die roten Stellen gekonnt mit Öl weg. Beide Angestellten verabschieden sich schnell und scheinen froh zu sein, ihren Auftrag erledigt zu haben.

Dass vier Stunden vergangen sind, habe ich fast nicht gemerkt. Antony kommt wenige Minuten später und überwacht meine angeordnete Nahrungsaufnahme. Ich würde ihm am liebsten mein Menü ins Gesicht schleudern. Doch ich wage es nicht. Außerdem duftet das Essen so verführerisch, dass mein Magen sich vor Hunger umkrempelt. Das Frühstück fiel ja nicht besonders reichlich aus. Deutlich zufrieden nimmt Preankerts Freund und Angestellter das leer gefutterte Geschirr wieder mit und verlässt mich wortlos.

Gut, nun habe ich noch die Möglichkeit, mir eine DVD anzusehen oder mir einen Roman aus Preankerts gut bestückter Sammlung auszusuchen. Doch ich bin bereits wieder so erschöpft, dass ich mich lieber auf dem Sofa einrolle. Vielleicht ist das auch besser so. Ich habe nun nicht mal mehr ein Kleid und liege, nur in einer Decke eingewickelt, auf dem ledernen Sitzmöbel herum. Hoffentlich bleibt mir der strenge Dom noch eine Weile erspart.

Wieder muss ich an die angekündigte Bestrafung denken. Die Regel mit den Angestellten habe ich wohl auch nicht besonders brav eingehalten. Ob sie mich bei Jannic verpetzen? Die aufkeimende Angst wirkt sich nicht besonders förderlich auf meinen Gemütszustand aus. Zum Glück kann ich trotzdem einschlafen und dem Hier und Jetzt ein paar Stunden entfliehen.

17. KAPITEL

Ich werde durch seine Berührung wach. Jannic zieht meinen Körper mit Decke auf seinen Schoß und drückt mich knurrend an sich. Seine besitzergreifende Umarmung wirkt fast tröstlich. Doch auch meine Furcht keimt unterschwellig auf. Ich brauche ein paar Minuten, um wach zu werden.

„Schläfst du eigentlich immer so viel, Sweetie?“, fragt er mich rau und streicht mir dabei das zerzauste Haar aus dem Gesicht. Ich gähne und lehne meinen müden Kopf an sein Guccihemd. Gott, wie verführerisch Jannic Preankert duftet! Begierig atme ich seinen maskulinen Geruch nach Mann und wildem Wald ein. „Nein, normalerweise bin ich eine Frühaufsteherin!“, murmle ich heiser und umschlinge ihn, noch reichlich benommen, mit meinen Armen und ohne es bewusst zu merken. Wie kann ich mich nur zu so einer vertrauensvollen Berührung hinreißen lassen? Ich spüre, wie er zufrieden grummelt und sich deutlich entspannt. Meine unerwartete Zutraulichkeit scheint ihm zu gefallen.

Doch ich werde schnell aus meiner Wohlfühlzone katapultiert. Jannics Hand wandert schon bald unter die Decke und arbeitet sich wie selbstverständlich zu meiner nackten Scham vor. Sein überraschendes Beautyprogramm kommt mir sofort wieder in den Sinn und berechtigte Wut steigt in mir hoch. Ich versteife mich merklich und provoziere damit ein unwilliges Knurren von seiner Seite. „Du warst nicht besonders kooperativ, habe ich mir von Jack anhören müssen!", kommentiert er meinen spürbaren Rückzug und nimmt seine Hand wieder weg.

Ich löse mich blitzschnell aus seinem Arm und wickle die Decke enger um mich. Er lacht und zupft spielerisch an meinen stofflichen Schutz. „Meinst du wirklich, das wird dich retten, Madame? Keinesfalls! Falte die Decke zusammen und zeig mir deine kleine, nackte Pussi, Maila! Sofort! Denk an die Regel. Ich schulde dir bereits eine saftige Bestrafung!", erklärt er mir mit strengem Tonfall und verschränkt ärgerlich die Arme vor der Brust.

Ich erzittere unter seiner grimmigen Ankündigung und muss mich unwillkürlich an sein letztes Spanking erinnern. Nein, ich verspüre nicht die geringste Lust auf eine Wiederholung. Jedenfalls nicht als Bestrafung! „Runter mit der Decke, Maila! Ich warne dich ein letztes Mal! Es gibt weit effektivere Konsequenzen, als dir mit meiner bloßen Hand den süßen Arsch zu versohlen", droht er unverhohlen und lässt damit mein Herz stolpern.

Meine Atmung wird augenblicklich schneller! Das darf doch alles nicht wahr sein?! Warum stellen sich trotzdem meine Nippel auf, diese elenden Verräter? Gott, seine dominante Art, mit mir umzuspringen, erregt mich tatsächlich. Nicht den Kopf, sondern nur meinen, nach Sex gierenden Körper. Das Hirn kämpft weiter verzweifelt um Vernunft. Mein gesundes Denkvermögen muss ich jedoch zu Hause vergessen haben! Fahrig lasse ich die Decke auf den Boden rutschen. Ich muss mir diesen einen, kleinen Protest einfach gönnen. Zusammenfalten, nur weil er es anordnete, werde ich sie mit Sicherheit nicht!

Preankerts Blick schweift nur kurz über den unordentlichen Stoffberg zu unseren Füßen, bleibt dann aber ungeniert auf meinem blanken Venushügel hängen. Meiner zur Schau gestellten Aufmüpfigkeit scheint er keine weitere Beachtung beimessen zu wollen. Vielleicht hat ihn der Anblick meiner haarlosen Scham geflasht. Jannics Kiefer mahlen sichtlich und er schluckt mehrmals trocken. Obwohl er versucht, seine sexuelle Gier auf meinen Körper zu verstecken, sehe ich das lüsterne Lodern in seinen geweiteten Augen.

„Komm her, kleine Sub!“, fordert er mich mit rauer Stimme auf. Jannic öffnet dabei seine muskulösen Schenkel, um mich nah an seinen Körper heranziehen zu können. Ich gehorche widerwillig und fühle trotz alledem Nässe an meinen Beinen herunterrinnen. Mist, Mist, Mist. Ich kann meine eigene Erregung sogar riechen. Ist das vielleicht peinlich und frustrierend! Wie konnte er meinen Körper nur so nachhaltig konditionieren? Seine köstlichen Berührungen an gewissen Stellen haben mir mehr als nur gut gefallen. Mein gesunder Menschenverstand wehrt sich zwar immer noch standhaft, doch die Angst vor schmerzhaften Bestrafungen hält mich von weiteren und sicherlich sinnlosen Protesten ab.

Ich erschaudere, als Jannic mir die Beine auseinanderzwingt und seine Finger besitzergreifend über meine geöffneten Schamlippen streicheln. „Wie zart du da bist und bereits klatschnass, Maila. Ich atme deinen süßen Duft tief ein. Du bist längst bereit für meinen Schwanz. Ich werde dich so lange ficken, bis du vor Geilheit um Gnade flehst und meinen Namen schreist, Baby", verspricht er mir mit belegter Stimme und beginnt, mit seinem Daumen fest über meine empfindliche Klit zu reiben.

Ich bebe erregt und kann mich kaum noch auf den Beinen halten. Plötzlich beugt er sich vor, nimmt den stimulierenden Finger weg und drückt stattdessen seine heißen Lippen auf meine empfindliche Perle. Dieser Schuft beginnt plötzlich, an ihr zu saugen und flatternd darüber zu lecken. Ich dränge mich ihm ungewollt entgegen und werde vor Lust fast wahnsinnig. Ich stammele längst unverständliche Worte und keuche überfordert. Dabei verkralle ich mich in sein volles Haar und zerre wie verrückt daran.

Er verstärkt seine Bemühungen nur noch und knurrt wohlig in meine summende Mitte. Wow, ist das verdammt noch mal gut! Doch bevor ich Erlösung finden kann, packt er mich, zerrt mich mit Schwung über seine Oberschenkel und klemmt mich erneut ein. So ein mieses Arschloch. Er hat meinen entrückten Zustand voll ausgenutzt.

„Was tust du?“, kreische ich und versuche mich noch zu retten. Doch Jannic hat mich bereits perfekt im Griff und denkt nicht mal daran, Gnade walten zu lassen. Dieses Mal bereitet er meine Haut nicht vor, sondern klatscht eine Salve von zehn festen Hieben auf meine rechte Pobacke, bis mir tatsächlich Tränen in die Augen schießen. Ich hasse mich dafür und will ihm die Genugtuung nicht gönnen. Doch dann nimmt er sich, genauso hart, auch die linke Seite vor.

Ich schluchze und stöhne gleichzeitig vor Lust, deshalb zieht er seine Bestrafung durch. Übergangslos bedient er sich an der Nässe, die mir schon reichlich zwischen den Schenkeln klebt, und verteilt sie über meinen kleinen, dunklen Muskelring. Ich winde mich spielerisch und ernte nochmals drei kräftige Hiebe, die mich erneut laut aufheulen lassen. „Ich schiebe dir jetzt einen Plug in den Anus, Maila. Du hast dir heute doppelte Strafe verdient und das weißt du auch!“, kommentiert er sein verruchtes Tun. Zeitgleich spüre ich einen ungewohnten Druck an genau dieser Stelle und frage ihn, ob er das wirklich tun wird. Doch ich weiß, ich kann nicht mehr mit Nachsicht rechnen.

Während er einen kühlen, dicken Gegenstand in meinen Anus drückt, stimuliert Jannic meine pochende Klit, bis sie vor sehnsüchtiger Geilheit glüht und zuckt. Ich weiß längst nicht mehr, was ich fühlen, denken oder tun soll. Wimmernd ergebe ich mich seinen verruchten Handlungen und plötzlich geht alles viel leichter. Dieser unbekannte Gegenstand steckt endlich tief in meinem verbotenen Eingang und der Dehnungsschmerz lässt schnell nach. Stattdessen türmt sich in meinem Inneren eine gigantische Welle auf, die mich komplett zu verschlingen droht. Ich fiebere ihr gierig entgegen und heiße die stimulierenden Berührungen dieses ruchlosen Mannes wimmernd willkommen.

Doch kurz bevor mich der ersehnte Orgasmus erlösen kann, zieht er seine Hand zurück. Ich zische frustriert und fluche wenig ladylike. Er lacht nur leise und hebt mich hoch. „So einfach mache ich es dir nicht, Madame. Ich habe dir schließlich versprochen, dich heftigst durchzuficken, auch wenn du vielleicht noch etwas wund von mir bist. Ich halte meine Versprechen. Immer!“

Fast wütend wirft er mich über die Lehne der Ledercouch und öffnet seine edle Hose. So ein perverser Wüstling! Er hat sich nicht mal die Zeit genommen, seine Sachen auszuziehen. Grimmig schiebt er meine Beine auseinander und positioniert sich dahinter. Er drückt mit einer Hand auf den Plug und gleichzeitig seine dicke Eichel an meine nasse Vagina.

„Maila, wenn du wüsstest, wie gigantisch geil dieser Anblick ist, der sich mir gerade bietet. Deine klatschnasse Pussy und dieses dicke Spielzeug in deinem süßen, rot gespankten Arsch. Ich ficke dich jetzt gründlich durch, Madame! Hart und schnell. Ich kann nicht mehr warten!“, keucht er sichtlich erregt und schiebt dann seinen Schwanz tief in mich hinein.

Ich schreie vor Lust und Angst, denn ich bin längst nicht weit genug für ihn und noch immer merklich wund. Es brennt und ich stöhne laut. Jannic harrt knurrend aus und wartet schwer atmend, bis ich seine Schwanzdicke und -länge besser wegstecken kann. Dann beginnt er sich zu bewegen und ich gewöhne mich langsam an seine überdimensionale Größe. Der unangenehme Druck weicht nach und nach einem wunderbaren Gefühl, das sich immer weiter auftürmt und mich ihm bald gierig entgegendrängen lässt.

Jetzt gibt es für ihn kein Halten mehr und Jannic lässt seiner aufgestauten und entfesselten Gier freien Lauf. Brüllend schiebt er seinen harten Penis in mich hinein. Immer wieder. Er tangiert bei jedem grimmigen Stoß einen gewissen Punkt in meiner Vagina, der die unglaublichsten Empfindungen durch meinen Körper jagt.

Endlich und völlig unvorbereitet zerberste ich unter einer gigantischen, nicht enden wollenden Explosion und fürchte, dabei fast das Bewusstsein zu verlieren. Nie im Leben hätte ich diese wahnsinnige Tiefe und köstliche Wucht erahnen können, die ein vaginaler Orgasmus auszulösen vermag. Ich schreie unkontrolliert und meine Vagina kontrahiert um seinen Schwanz. Sie melkt ihn förmlich ab.

Die spürbaren Muskelbewegungen um seinen zum Zerbersten angeschwollenen Penis lassen Jannic vollends die Beherrschung verlieren und er ergießt sich in heftigen Schüben in mich. Jannic fällt schweißnass auf meinen Körper und umklammert mich, als fürchte er mein Entfliehen. Doch dazu bin ich im Moment gar nicht in der Verfassung.

Ich komme erst wieder zu Besinnung, als er vorsichtig den Plug aus meinem Anus zieht und mich dann fast zärtlich auf die Couch legt. „Das war der gigantischste Fick seit Langem, Maila. Ich werde dich während unserer Tage nehmen, so oft es geht", verspricht er mir mit belegter Stimme. Dann schließt er souverän seine Hose und geht ohne weitere Erklärungen aus dem Appartement.

Ich starre sprachlos auf die zugefallene Tür. Was?? Warum geht er denn jetzt? So ein unsensibles, verficktes Arschloch! Ich greife wütend nach der Decke. Irgendwann ziehe ich mich jedoch erschöpft ins Schlafzimmer zurück. Heute hätte ich seine tröstliche Umarmung wirklich gebraucht und auch gemocht. Erst recht eine zärtliche Behandlung meines lädierten Hinterns. Doch nichts dergleichen passiert. Habe ich ihn vielleicht doch verärgert? Er lässt mich eiskalt in Unklarem, dieses Scheusal!

Tag Nummer zwei liegt trotzdem hinter mir. Ich schlafe wenig später mit der Gewissheit ein, dass, laut Jannics Ankündigung, Kai morgen hier auftaucht, um mir die Haare zu frisieren. Ich freu mich darauf und es hilft mir, mich zu entspannen.

18. KAPITEL

Die Nacht zieht sich ewig in die Länge. Ich wache ständig auf und wälze mich dann schlaflos umher. Kunststück. Ich bin vom vielen Schlafen ausgeruht und meine Gedanken kreisen um diesen elenden Mistkerl Jannic Preankert. Außerdem brennt mein Hintern fürchterlich und ich zische wütend, wenn selbiger das Laken berührt. Nochmal lasse ich mir so einen fiesen Übergriff nicht bieten. Oder muss ich das? Irgendwie will mir nicht in den Kopf, dass er mich für ganze vier Tage, inklusive Nächte, eingekauft hat und zwar auf eine ganz miese Tour, mit allem Wenn und Aber! So ein gruseliges Scheusal.

Doch ich kann auch nicht leugnen, dass er mir die bisher köstlichsten Empfindungen bescherte, die ich jemals fühlen durfte. Davon könnte ich mir durchaus mehr vorstellen. Jedoch bitte keine strafende Aktion mehr. Wie mache ich ihm das nur begreiflich ohne zu riskieren, dass er meine Ablehnung gegen mich verwendet?

Doch warum bin ich überhaupt feucht geworden, als er mich über seine Schenkel warf und gnadenlos bestrafte? Das ergibt doch keinen Sinn. Bin ich etwa masochistisch veranlagt? Wütend kneife ich mir in den Arm und schreie erschrocken auf. Shit, das tat weh. Wie komme ich nur darauf, dass ich Schmerzen mag? Oder reagierte ich nur so geil, weil Jannic sie mir zufügte, mich jedoch anschließend oder währenddessen mit gigantischen Orgasmen belohnte, und nun kann meine Libido nicht mehr auseinanderhalten, was gut und was schlecht für mich ist? Das passt mir überhaupt nicht. Hat er mich genau deshalb ausgesucht und meine verstaubte Jungfernschaft erkauft? Und was hat mein schamloser Freund Kai Banert damit zu tun, dieser elende Verräter?

Ich dusche lieber kalt, als mich noch mehr in Rage zu denken. Immerhin will ich nicht wie ein Sexluder riechen und mein Äußeres in einen vorzeigbaren Zustand versetzen. Zum Glück finde ich ein ähnliches Kleid wie neulich. Es hängt im Badezimmer über einem Bügel und stimmt mich etwas froher. Wann hat man es hergebracht? Sicher als ich tief und fest schlummerte. Dieses Mal liegt sogar ein winziges Spitzenhöschen dabei. Also hält Jannic Wort und gesteht mir bei Besuch ein Mindestmaß an Unterwäsche zu. Das will ich ihm auch geraten haben.

Ich grinse erleichtert und ärgere mich jedoch im selben Moment darüber, weil ich so leicht zufrieden zu stellen bin. Gott, was macht dieser grimmige Dom nur aus mir und meiner ohnehin schon reichlich lädierten Selbstachtung! Ich schaue mich argwöhnisch im Spiegel an und werde von meinem Anblick überrascht. Ich sehe heute tatsächlich richtig gut aus, sogar irgendwie gesünder. Auf meinen Wangen liegt ein hübscher rosa

Schimmer. Sonst bin ich eher blass, ein naturblonder Typ eben.

Ich drehe meinen gespankten Hintern ins Spiegelbild und ziehe scharf die Atemluft ein. Er ist noch immer leicht gerötet und reagiert etwas empfindlich auf Berührung. Hastig ziehe ich den sündigen Spitzentanga darüber und schlüpfe in das luftige Kleid. Keine Minute zu früh, denn als ich fertig bin, springt die Tür auf und Kai steckt seinen perfekt gestylten Kopf hindurch. „Hey, Süße, du siehst ja hammermäßig aus. Na, wie fühlt man sich als frisch gepflücktes Mauerblümchen mit verlorenem Jungfernhäutchen? Meine erwachsene Maila, ich gratuliere dir voller Inbrunst. Endlich wurdest du mal richtig durchgefickt und Jannic scheint dir tatsächlich gut zu tun“, flötet er ausgelassen und überfällt mich mal wieder mit seinem schmutzigen Gerede über Sex. Das kenne ich bereits zur Genüge.

Ich reagiere dementsprechend gelassener, als ich sollte, und schimpfe daher nur aufgesetzt: „Halt deine Klappe, sonst wasche ich dir den frechen Mund mit Seife aus, du schwuler Bastard“, fahre ich ihn böse an, ernte aber nur ein weibisches Kichern. Kai stubst mir auf die Nasenspitze und wäre nicht er, wenn er seinen schamlosen Dirty Talk nicht noch toppen würde. „Hey, das trifft sich gut, Babe“, kontert er. „Ich hatte nämlich heute schon einen harten, heißen Schwanz zwischen den Kiemen. Der war äußerst lecker und so schwarz!“, grinst er zurück und erfreut sich an meinem entsetzten Kreischen.

Ich stopfe mir demonstrativ die Finger in die Ohren. „Scheiße, Kai. Ich will das nicht hören und mir erst recht nicht vorstellen. Kopfkino aus, bitte!“, schreie ich ihn panisch an und flüchte ins Schlafzimmer. Doch Kai folgt mir lachend und schnappt sich meinen Arm. „Los jetzt, Maila. Frühstück! Du musst erstmal was essen. Immerhin will Tag drei deines Arrangements überlebt werden. Ich weiß, was auf dich zukommt, und ich verspreche dir, du brauchst jede Menge Energie. Avanti, Süße. Ich habe übrigens alle Befugnisse von Preankert erhalten. Und ich denke, du weißt sehr genau, was das heißt. Also ran an die heißen Eier!“, grinst er und freut sich über die eindeutige Zweideutigkeit seiner Ansage wie ein kleiner Junge an Weihnachten.

Ich stöhne und lasse mich widerwillig ins Wohnzimmer ziehen. Dort hat er, scheinbar während ich duschte, ein opulentes Frühstück vorbereitet. Ich setze mich grübelnd auf die Couch. Was? Wie bitte? Was denn für Befugnisse? Bin ich die Einzige, die nicht aufgeklärt wurde, und wieso führt sich Kai auf, als wäre er hier zu Hause? Ich sehe in seine selbstgefällige Miene und versuche mich zu erinnern, dass er eigentlich mein bester Freund ist. Er wird mir doch nichts antun wollen. Außerdem mögen wir uns schon eine ganze Weile, also schiebe ich diesen verstörenden Gedanken erst mal in den Hintergrund.

Ich merke jetzt erst, wie hungrig ich bin, und fackle nicht lange. Göttlich, wie die Rühreier mit Speck schmecken. Dazu gibt es noch gerösteten Toast mit schmelzender Butter und Erdbeermarmelade. Ich schlürfe heißen Kaffee mit Zucker und Sahne und fühle mich bald wie gestopft. Doch Kai schiebt mir auch noch einen Teller mit Käse und frischem Obst entgegen. „Komm, Süße, noch ein wenig Glukose mit Vitaminen und Käse schließt den Magen", fordert er mich auf und gießt mir einen Kakao nach.

Ich protestiere und hebe abwehrend die Hände. „Es geht nicht mehr, Kai. Ich bin randvoll. Wenn ich noch mehr esse, falle ich in eine Fressnarkose und dann passiert hier gar nichts mehr", grummle ich papsatt. Das muss wohl das überzeugendste Argument sein, das ich hätte vorbringen können, denn Kai nickt zustimmend. „Okay, Babe, dann muss der Nachtisch anders ausfallen", grinst er verschwörerisch. Doch noch ehe ich nachfragen kann, was er damit meint, dirigiert er mich ins Badezimmer.

„Du weißt, warum ich hier bin, Süße. Ich soll dir die Haare machen und dann ist Showtime", spricht er in weiteren Rätseln und macht mich damit deutlich nervös. Gott, das kann nichts Harmloses bedeuten. Ich werde ihn beim Frisieren löchern, bis er sein Insiderwissen mit mir teilt, dieser Schuft. Er wird irgendwie wortkarger und beginnt mein Haar zu waschen, mit Kur zu verwöhnen und meine Kopfhaut zu massieren.

Ich schiebe Kais plötzliche Maulfaulheit auf seine konzentrierte Arbeitsweise. Wenn ich eine Katze wäre, würde ich jetzt glatt schnurren, so gut fühlt sich das an. Dann föhnt er meine langen, blonden Strähnen durch und fährt mir dabei fast schon liebevoll durch das weiche Haar. Ich lasse ihn in Ruhe arbeiten, obwohl ich mir vorgenommen hatte, ihn gründlich auszufragen.

Danach scheint er aus seinen stillen Gedanken aufzuwachen und wirkt wieder anwesend. „So, Babe. Ich wollte deine goldene Pracht erst einmal pflegen. Jetzt kommt meine eigentliche Aufgabe“, erklärt er geschäftig und beginnt dann in rasender Geschwindigkeit, Strähnen zu teilen und dünne, lange Zöpfe zu flechten, bis kein einziges Haar mehr lose auf meinen Schultern liegen bleibt.

Ich runzle die Stirn und sehe mir sein Tun eine Weile sprachlos mit an. Doch es kommt keine Erklärung von seiner Seite und ich frage vorsichtig nach: „Was machst du da eigentlich, Kai? Das ist doch keine Frisur?“, nörgle ich deutlich unzufrieden. Doch Kai flicht unbeirrt weiter, dreht dann die Zöpfe fest am Hinterkopf zusammen und verbindet sie mit einem Lederband zu einem dicken Pferdeschwanz. So habe ich mein Haar ja noch nie getragen und es gefällt mir auch nicht sonderlich.

Statt einer Antwort, wickelt er den kräftigen Pferdeschwanz um seine Faust und zieht kurz und heftig daran. „Autsch!“, protestiere ich schreiend. Kai schnaubt zufrieden und lässt mich dann los. „Alles gut, Maila. Rege dich bitte nicht so auf. Wenn dir Preankert ins offene Haar greifen würde, wäre das viel schlimmer. So bist du sicherer, denn er wird kräftig daran ziehen, während er dir zeigt, wie man einen guten Blowjob macht“, erklärt er mir nüchtern.

Ich starre ihn mit offenem Mund an und kann nicht glauben, was er mir da ankündigt. „Nein!“, fauche ich aufgebracht. Das ist nicht Teil unseres Arrangements! Er hat meine Jungfräulichkeit bekommen, mein Mund und mein Arsch sind tabu, verdammt. Ich laufe auf die Tür zu und prompt in die muskulösen Arme von Jannic Preankert. Er hat meine Worte gehört und packt mich um die Schultern. „Denk an die alles umfassende Regel, Maila. Ich befehle, du gehorchst für die Zeit der gekauften Tage. Hast du das schon wieder vergessen? Du weißt, was das für dich heißt. Wolltest du gerade vor mir fliehen? Das ist das schlimmste Vergehen, welches du dir leisten kannst“, knurrt er seltsam leise und schiebt mich dabei zur Ledercouch zurück.

Ich zittere überfordert und lasse es widerstandslos geschehen. Wie verstörend diese Wellen aus Angst und Erregung sich in mir breitmachen und mein Hirn in eine breiähnliche Masse verwandeln.

Kai grinst und schlägt Jannic freundschaftlich auf die Schulter. „Sieh es ihr nach, Brüderchen. Ich habe sie mit der Blowjobgeschichte ein wenig überfordert. Maila hat noch immer Probleme, schmerzfrei zu sitzen. Bestrafe sie heute bitte nicht!“, wirft er in den Raum, der gerade vor Testosteron nur so vibriert.

Ich reiße erschrocken die Augen auf. Häääh …? Brüderchen? Hat er Jannic Preankert tatsächlich „Brüderchen“ genannt? Das darf doch alles nicht wahr sein. Meine grauen Zellen nehmen urplötzlich die Arbeit wieder auf. Dann waren Kais Bemühungen um mich einzig und allein dem Arrangement geschuldet? Er hat mich nur verarscht und zwar nach allen Regeln der Kunst? Und ich dumme 1,0-Abiturientin bin ihnen voll auf den Leim gegangen? Diese verfickten Ärsche. Ich hasse sie alle beide!

Ich blitze erst Kai und dann Jannic wutentbrannt an. Irre ich mich, oder sehe ich da gerade ein wenig Sorge in Preankerts Augen aufglimmen? Ich muss mich irren. Auch Kai blickt fahrig von mir zu seinem Bruder und zurück. Doch das fällt mir in meinem aufgebrachten Zustand gar nicht mehr auf. Ich springe wie von der Tarantel gestochen von der Couch und renne auf Jannic zu. Dann trommle ich mit meinen kleinen Fäusten schreiend auf seine muskulöse Brust ein.

Überrascht greift er nach meinen Handgelenken und muss nun den wütenden Tritten ausweichen, die ich stattdessen gegen ihn einsetze. „Hey, du kleine Furie. Ich wusste gar nicht, dass du solche Power in deiner winzigen Gestalt versteckst. Hör auf mit Ausrasten und benimm dich. JA, Maila, Kai ist tatsächlich mein schwuler Halbbruder, und auch JA, wir haben dich gezielt ausgesucht und langfristig bearbeitet, um diese Arrangement zu bekommen. Du warst einfach zu perfekt für unsere Sache.

Es ist ein Sexspiel, Maila, und wir gewinnen immer. Lass dich endlich darauf ein und es wird dein Schaden nicht sein. Du kommst doch pausenlos, wenn ich mich mit deiner süßen Pussy beschäftige. Heute wirst du mir einen Blowjob verpassen und ich ficke dich dafür, bis du nicht mehr kannst. So einfach ist das. Halt endlich still, sonst binde ich dich am Bettpfosten fest und warte, bis du dich verausgabt hast. Der Flogger wäre auch noch eine interessante Option, dich zur Räson zu bringen!", droht er grimmig und wirft mich mit Schwung auf die Couch zurück.

„Verdammt, Maila. Ich bin so geil auf dich, dass ich nicht mehr klar denken kann. Selbst wenn ich wollte, ich kann meine Finger nicht mehr von dir lassen. Du hast mich verhext, du kleine Zicke. Jetzt reicht es mir aber. Kai, hole Jack. Ihr demonstriert diesem verrückten Biest jetzt einen perfekten Blowjob und dann ist sie fällig", befiehlt er seinem Bruder.

Kai zieht amüsiert die Augenbrauen nach oben. „Keine gute Idee, Jannic. Ich glaube, sie kann sich zwei Kerle, die sich in den Mund ficken, nicht mitansehen. Ich habe ihr so eine ähnliche Geschichte schon einmal erzählt und sie ist fast durchgedreht", lacht er nun ausgelassen und fuchtelt mit seiner manikürten Hand grinsend in meine Richtung.

Oh nein, das kann ich nicht auch noch ertragen. Ich schüttle heftig mit dem Kopf und schlage die Hände vor das Gesicht. Bitte, bitte, bitte lass es nicht geschehen. Ich kann das nicht … oder vielleicht doch?

Doch Preankert wäre nicht der Dom, den ich kennengelernt habe, um jetzt noch nachzugeben. Er wischt Kais Einwand mit einem einzigen Satz vom Tisch. „Verdammt, Kai, beweg deinen schwulen Arsch und hole Jack!", schleudert er ihm entgegen. Der gehorcht und verlässt protestlos das Appartement. Ich möchte jetzt am liebsten lauthals schreien. Denn meine neu erwachte Sexualität verwirrt mich!

19. KAPITEL

Ich wimmere bereits vor Nervosität. Jannic lässt mich eingekugelt wie ein verschrecktes Kätzchen auf der Couch liegen und gießt sich unbeeindruckt einen Drink ein. Dann dreht er sich zu mir um und lässt seinen finsteren Blick über meinen Körper gleiten. Er wirkt irgendwie nachdenklich. Ich blinzle ihn durch meine Wimpern hindurch an und versuche, so unauffällig wie möglich zu atmen. Doch seine Augen brennen sich in die meinen und ich spüre, wie mein Herzschlag sich beschleunigt. Warum hat dieser grobe Mann nur so eine verstörend erotische Wirkung auf mich? Ich müsste eigentlich schreiend vor ihm davonlaufen.

Er setzt sein Glas an und kippt den scharfen Inhalt mit einem Schluck die Kehle herunter. Gott, wie sich sein Adamsapfel bewegt. Warum macht mich das so an? Ich weiß es einfach nicht. Wie unter Zwang wandern nun auch meine Augen über die attraktive Gestalt dieses harten Mannes und bleiben wie magnetisiert auf seinem Schritt hängen. Ich sehe die anschwellende Beule, die sich da bereits abzeichnet. Ich lasse ihn nicht kalt. Er ist erregt nur durch meinen bloßen Anblick. Diese Erkenntnis lässt mich tatsächlich nass werden, nicht nur feucht.

Ich hasse mich. Was bin ich nur für ein nymphomanisches Monster? Das ist alles seine Schuld. Er hat mir orgastische Höhen verschafft, die ich einfach nicht mehr vergessen kann. Mein Körper reagiert prompt. Wütend kneife ich meine Lider zusammen und stöhne frustriert.

Plötzlich fühle ich Hände auf den Wangen und dann senkt sich sein warmer, weicher Mund auf meine Lippen. Ein elektrisierender Stromstoß fährt durch meine Mitte und ich keuche ungewollt. Jannic knurrt und legt sich plötzlich auf mich. Nein, nein, nein. Oder doch? Es fühlt sich gut an, von seinem wuchtigen Körper auf die Couch gepresst zu werden, sodass man sich nicht mehr rühren kann. Er umklammert meine Handgelenke und drückt sie zusammen. Mein Blick fliegt zitternd auf seine Lippen, welche Worte formen, die ich kaum begreifen kann.

„Maila!", knurrt er dunkel. „Hör endlich auf, gegen mich anzukämpfen. Ich fühle, wie sehr ich dich errege. Dein Körper summt vor Gier. Nimm es als Gabe an und danke dem Himmel dafür. Du machst mich fast wahnsinnig mit deinen herrlichen Körper, diesem Engelsgesicht und deiner bittersüßen Unschuld. Ich begehre dich wieder und wieder, egal was passiert. Denn du weißt noch längst nicht, wie geil Sex wirklich ist. Ich stoße so gern in deine enge, heiße Möse, Süße. Vor allem liebe ich deine gespielte Gegenwehr und deine süße Unerfahrenheit. Ich habe dich doch erweckt und ich bringe dir jetzt auch noch bei, wie gigantisch sich MEHR DAVON anfühlen kann", flüstert er mir rau ins Ohr und knabbert dabei fast zärtlich an meinen Ohrmuscheln. Ich stöhne erregt …

Dann entspanne ich mich langsam und erlaube mir eine kleine Verschnaufpause. Die winzigen Bisse, die er mir in den Hals zumutet und die er dann in das weiche Fleisch meiner Brüste setzt, schmerzen nicht wirklich. Ich keuche und will mich ihm entziehen, jedoch im gleichen Zuge sehnsuchtsvoll entgegendrängen. Da ist sie wieder, diese aufreibende Mischung, die mich wahnsinnig werden lässt: Schmerz, Lust, Angst und Erregung.

Wimmernd warte ich auf irgendein Signal meines Körpers, wie ich mich verhalten soll. Doch gerade schiebt sich seine große Hand zwischen meine Schenkel und öffnet sie grob. Dann streicht er über den feuchten Slip und drückt dabei gezielt auf meine empfindliche Perle. Ja, das ist so gigantisch geil! Ich fange an, mich an seiner Hand zu reiben, und fühle sein Grinsen an meinem erhitzten Gesicht. Doch das ist mir jetzt völlig egal. Er soll weitermachen und bitte, bitte nicht mehr damit aufhören!

Wollüstig wölbe ich mich ihm entgegen und öffne mich weiter. Seine Berührungen werden fester und schneller. Ich bin nur noch ein wimmerndes Häufchen Erregung, fixiert darauf, Erlösung zu finden, sich dem herannahenden Orgasmus zu ergeben, der sich schon so verstörend heftig auftürmt und mich zu überrollen droht.

Völlig unerwartet zieht er nicht nur seine äußerst talentierte Hand, sondern auch sich selbst zurück. „Du bist so herrlich geil, Kleines. Ich rieche bereits deinen köstlichen Muschisaft, Maila. Ich will dich am liebsten und ohne Verzug über den Tisch werfen und meinen gierigen Schwanz ganz tief in deine nasse Pussy stoßen. Doch wir beide haben heute noch viel vor und heben uns das heiße Finale für später auf“, erklärt er mir viel zu nüchtern und ich frage mich frustriert, wie er seine eigene Lust scheinbar mühelos unter Kontrolle hält.

Plötzlich fliegt die Tür auf und ich schreie erschrocken auf. Ein riesiger schwarzer Kerl verdunkelt nur Millisekunden später mein Blickfeld. Er grinst auf mich herunter und mir funkeln dabei seine makellosen, schneeweißen Zähne entgegen. Dahinter erscheint Kais eher grazile Gestalt und er legt doch tatsächlich seine rasierten Arme um den nackten Adoniskörper dieses Mannes, den ich schon als Jack kennengelernt habe und der mich erotisch massierte, ohne sexuelles Interesse zu zeigen. Jetzt bin ich mir sicher, dass er genauso stockschwul ist wie mein verlogener Friseur und brüderlicher Exkumpel. Scheiße, jetzt kommt wohl die Sache mit dem vorgeführten Blowjob …

20. KAPITEL

Kai bekommt ganz glasige Augen und ich sehe die schmachtenden Blicke, die er dem riesigen, extrem dunkelhäutigen Jack zuwirft, ohne dass der diese gebührend erwidert. Die drei Männer hier im Raum müssen sich nicht erklären. Sie agieren so selbstverständlich und ohne einen Anflug von Schamgefühl. Wahrscheinlich hatten sie schon des Öfteren das Vergnügen miteinander. Ich lasse mich einfach in diese Situation fallen. Was soll ich auch dagegen tun? Ich habe einfach kein abrufbares Konzept parat.

Jannic verhält sich ungewohnt zärtlich. Er hebt mich auf seinen Schoß, mit dem Rücken an seine Brust gelehnt, und umschlingt mich dabei mit den Armen. So auf der Couch positioniert, spreizt er meine Beine über seine kräftigen Schenkel und schiebt die Hand erneut zwischen meine noch feuchten Schamlippen.

Ich versuche erst dagegen anzukämpfen, bin jedoch chancenlos gegen seine Bärenkräfte. Er nagelt mich mit seinem Armen am Körper fest und knurrt mir strafende Worte ins Ohr. „Ich leg dich vor den beiden über das Knie und versohle dir kräftig den Arsch, wenn du nicht augenblicklich still hältst, Madam!“, verspricht er mir leise und ich hege keinerlei Zweifel daran, dass er seiner unverschämten Ankündigung Taten folgen lassen würde, sollte ich mich nicht fügen. Daran habe ich absolut kein Interesse, zumal mein armer Hintern noch immer empfindlich gerötet ist. Also versuche ich mich lieber dem geilen Geschehen zuzuwenden, obwohl sich bereits meine Nackenhaare sträuben.

Jack und Kai kümmert unsere Anwesenheit nicht und sie beginnen sich mitten im Raum und unmittelbar in unserem Sichtfeld zu küssen. Dabei übernimmt Jack die deutlich dominantere Rolle. Er stößt grobe Kraftausdrück aus und beschimpft Kai als dreckigen Hurensohn, der sofort und kräftig durchgefickt werden müsse. Dem scheint diese schmutzige Konversation ganz geil zu machen, denn seine gutturalen Geräusche dringen immer intensiver in meine Ohren.

Ich versuche meine Wahrnehmung bewusst auszuschalten und presse überfordert die Augen zu. Doch Jannic kneift mir tatsächlich strafend in die Klit. Ich schreie empört auf und keuche erschrocken, weil mir im selben Atemzug ein wohliger Schauer über den Körper läuft. Ich ergebe mich erneut und versuche nun folgsamer zu sein. Schon um diesem Mistkerl vor weiteren Übergriffen auf meine empfindsamste Stelle abzuhalten. Dabei massiert und reibt mir Jannic über die misshandelte Perle und verursacht mir schon bald die köstlichsten Empfindungen.

Jack und Kai scheinen uns komplett vergessen zu haben. Sie sind vertieft in ihr sündige Tun. Ich verschwende keinen Gedanken mehr daran, dass ich mit weit gespreizten Beinen vor ihnen sitze und Jannics

Finger immer wieder tief in meine nasse Pussy eindringen. Meine Vagina zieht sich bereits zusammen und die schmatzenden Töne, die Jannic beim Eindringen in meine Nässe verursacht, mischen sich mit dem haltlosen Stöhnen der agierenden Kerle. Ich wimmere lustvoll und winde mich in Jannics fesselnden Armen.

Plötzlich zieht er seinen köstlichen Finger aus mir heraus und fährt mich grimmig an: „Sieh hin, Sub. Du kannst dir bei den beiden eine Menge abgucken. Zwei Männer machen den besten Blowjob, den man sich vorstellen kann. Sie wissen ganz genau, wie man einen Schwanz am besten in den Himmel lutscht und heftig zum Abspritzen bringt. Jede erregbare Stelle ist ihnen bewusst und bestens bekannt. Mach also deine hübschen Augen auf und lerne, Maila. Ich werde dich heute noch in deinen süßen, geilen Mund stoßen und ich verspreche dir, ich bin dabei nicht besonders zimperlich“, verspricht er mir mit einem tiefen Vibrato in der Stimme.

Wieder erschaudere ich ungewollt und versuche, meine Reaktion auf seine Drohung zu verdrängen. Doch Jannic liest meinen Körper wie ein aufgeschlagenes Buch und ich habe dem nichts entgegenzusetzen. Gerade legt der schweißnass glänzende Jack seine riesigen Hände auf Kais eher schmalen Schultern und drückt ihn grob auf die Knie. „Runter mit dir und lutsch endlich meinen Schwanz. Beweg dich, du fauler Bastard!“, knurrt Jack und drückt Kais Gesicht kurz und heftig gegen seine ausgebeulte Jeans.

Der stöhnt erstickt und saugt hörbar den Duft ein, der aus Jackes Mitte strömt.

Ich starre jetzt völlig hypnotisiert auf das Geschehen und bin gar nicht mehr fähig, meinen Blick abzuwenden. Gott, wie heiß es hier plötzlich ist! Ich atme viel schneller und tiefer, als ich müsste, und schlucke staubtrocken. Wie wird dieser schwarze Penis aussehen, den Kai gerade mit zittrigen Händen aus der Jeans befreit? Ich keuche überrascht. Wow, ist dieses massige Stück Mannesfleisch riesig, dick und so unglaublich schwarz! Nur die entblößte Eichel wirkt rosa und sie glänzt bereits vor Feuchtigkeit.

Kai hält kurz inne und stiert entrückt auf Jacks angsteinflößendes Monsterteil. Die zwei Männer begegnen sich wohl nicht das erste Mal, so selbstverständlich, wie sie miteinander agieren. Kai leckt sich lüstern über die Lippen und zieht dabei Jacks Hose samt Shorts über dessen strammen Hintern. Nun kann ich die komplette unrasierte Pracht des Mannes anstarren und froh sein, dass dieser überdurchschnittlich ausgestattete Kerl schwul ist und nicht mein Jungfernhäutchen erkauft hat. Ich will mir gar nicht ausmalen, welche Schmerzen er mir dabei zugefügt hätte. Jannic ist auch nicht minder bestückt, doch diesen schwarzen Hünen kann er nicht toppen.

Plötzlich wird mir bewusst, dass Kai diesen gigantischen Penis in seinen eher zierlichen Mund aufnehmen muss. Ich erschaudere, doch dieses Mal nicht vor Erregung, sondern aus Sorge. Doch die scheint völlig unbegründet. Kai grinst mit lüsternen Augen und schiebt seine Zungenspitze heraus, um die dicke, zuckende Eichel neckend anzustupsen. Jack keucht grimmig und versenkt seine riesigen Pranken in Kais gestylter Frisur und ruiniert sie dabei völlig. Dann dirigiert er ihn kräftig an seine aufgestellte Lanze. „Mund auf und lass den Mädchenscheißkram. Ich will zwischen deine verfickten Lippen!“, schimpft er dunkel, geht jedoch in haltloses Stöhnen über, weil Kai nun die Regie übernimmt und mit einer Hand den stahlharten Schwanz um die Wurzel packt und mit der anderen seine massigen Eier knetet. Dabei geht er nicht besonders zärtlich, sondern fest und sicher vor. Jedes Mal, wenn er die Eier drückt und gezielt über die Hodennaht fährt, zuckt der zum Bersten geschwollene Penis gefährlich.

Ich starre wie gebannt auf das Schauspiel und wimmere lustvoll, weil Jannic weiter meine Pussy bearbeitet, und ich spüre seine harte Männlichkeit unter meinem Hintern drücken. Machen ihn die spielenden Kerle an oder sind es seine Finger zwischen meinen klatschnassen Schamlippen? Ein vorsichtiger Blick in sein verklärtes Gesicht gibt mir jene Gewissheit, die mir am besten gefällt: Er ist zu hundert Prozent bei mir.

Gerade schiebt sich Kai den prallen Schwanz in den Mund und er passt nur zur Hälfte. Mir fallen fast die Augen aus dem Kopf, als Jack in ihn zu stoßen beginnt und sich immer weiter vorarbeitet. Kai gurrt, keucht und röchelt. Ich sehe an seiner Kehle, wie er mit Schluckbewegungen versucht, seinen Würgereflex zu kontrollieren und den Schwanz immer tiefer in seine Mundhöhle zu lassen.

Jack scheint in einen wahnsinnigen Lustrausch zu fallen. Sein Gesicht wirkt wie von Schmerz verzerrt. Er produziert pausenlos animalische Laute und fixiert Kai mit den Händen um dessen Kopf. Dabei hämmert er seinen steinharten Schwanz in Kais schmatzenden Mund. Er stößt fest und fester.

Ich verspanne mich ängstlich und fühle das erste Mal Angst um Kai. Doch ich höre auch die unbändige Lust und das anschwellende Stöhnen. Die geilen Töne enden plötzlich in einem brüllenden Schrei. Jack ergießt sich in mehreren heftigen Schüben und Kai hat sichtlich Mühe, die Menge des Saftes zu schlucken. Doch ich sehe nicht mehr, wie Kai damit fertig wird, denn Jannic stößt meine Pussy im selben Moment so heftig mit seinen Fingern, dass ich glaube zu vergehen und sich mein ganzes Sinnen und Streben auf meine eigene Erfüllung fokussiert.

Ich dränge mich wie von Sinnen gegen seine Hand und keuche zusammenhanglose Worte. Nein, ich bettle um mehr! „Ja, ja … bitte, ooh …!“, wimmere ich entrückt. Jannic knurrt und beißt mir kräftig in den Hals, als markiere er seinen Besitz, und ich hebe ab. Der unerwartete Schmerz und die aufgestaute Lust explodieren in meinem Inneren und ich komme so heftig, dass ich nicht mehr weiß, was um mich passiert. Eine Welle nach der anderen überrollt mich und ich schreie überfordert.

Gott, wie wundervoll! Als ich langsam zu mir komme, bin ich mit Jannic allein. Er zieht gerade seine Hose aus und befreit seinen erigierten Schwanz. Oh nein, ich kann nicht mehr. Er wirft mich ohne Verzug über die gepolsterte Lehne der Couch und positioniert sich zwischen meine wackligen Beine. Dann schiebt er seinen harten Schwanz bis zur Wurzel in meine nasse Möse. Ich bin von dem gigantischen Höhepunkt noch so empfindlich, dass ich leise jammere.

Klatsch!, saust seine Hand auf meinem Arsch und damit habe ich einen triftigen Grund zum Schreien. Sogleich bin ich hellwach und zische überfordert. Jannic hält mich an meinem geflochtenen Pferdeschwanz und zerrt mich in eine wenig bequeme Hohlkreuzstellung. Mit der anderen knetet er meine Brüste und kneift mir gekonnt in die harten Nippel. Ich kreische und ernte einen weiteren Schlag auf meinen brennenden Hintern. Immer wieder bohrt er sich zwischen meine geschwollenen Schamlippen und nimmt mich hart und härter.

Ich spüre, wie sich ganz plötzlich neue Spannung in mir aufbaut. Sie fühlt sich noch viel intensiver und zerstörerischer an als die vorangegangene. Wimmernd ergebe ich mich seiner Übermacht und beginne diesen Zustand zu genießen. Ich lasse mich völlig fallen und dränge mich ihm entgegen.

Jannic knurrt und stöhnt immer lauter. Er wirkt fast zornig auf mich. „Du machst mich völlig verrückt, du kleine Furie. Ich will mehr, mehr als gut ist …!“, bellt er mich an und stößt noch heftiger in meine tropfnasse

Pussy. Ich schreie vor Lust und verabschiede jetzt jeden störenden Gedanken aus meinem Kopf. Er ist wie leergefegt und nur noch auf die Lösung der fast unerträglichen Anspannung in meinem Unterleib ausgerichtet.

„Bitte, bitte …!“, flehe ich ihn an und weiß längst nicht mehr worum. „Ich wollte deine hübsche Mundmuschi ficken, du Biest. Ich kann nicht, verdammt. Ich muss mich bis zum Anschlag in dich versenken …! Hart und schnell!“, presst er mühsam hervor und dann komme ich heftig, immer wieder und wieder.

Meine Stimme versagt und ich zucke unkontrolliert unter seinen wütenden Stößen. Meine Vagina kontrahiert um seinen angeschwollenen Schwanz und zieht sich pulsierend zusammen. Jannic explodiert ohne Verzug und brüllt seine sich entladende Lust heraus. Noch einige Male stößt er seinen abspritzenden Penis in mich hinein und ich vergehe dabei vor Wonne. Es fühlt sich so richtig, so alles verschlingend gut an, dass ich zu weinen beginne. Ich schluchze hemmungslos, die Tränen schießen aus meinen Augen und ich bin nicht mehr fähig, sie zurückzuhalten.

Jannic erstarrt und zieht sich vorsichtig aus meiner Pussy heraus. Dann hebt er meinen Körper in seine Arme und trägt mich ins Schlafzimmer. Dort legt er mich auf das riesige Bett und drückt mich in Löffelchenstellung fest an seine Brust. „Schhhh, nicht weinen, Maila. Es tut mir leid. Ich wollte dir nicht wehtun. Bitte nicht, Süße. Schhh …! Ich werde den Blowjob vorerst vergessen, hörst du. Ich muss ihn nicht haben.

Nicht sofort!“, versucht er mich ungelenk zu beruhigen und man merkt ihm deutlich an, dass er ihm Trösten nicht sonderlich geübt ist.

Ich kuschle mich in seine Umarmung und nicke still. Ich bin gerade so froh, dass ich ihn mit meinem Weinen rühren konnte, und werde einen Teufel tun, ihm den wahren Grund meiner Tränen zu verraten. Außerdem bin ich für einen riesigen Schwanz in meinem Mund noch längst nicht bereit. Ich erschaudere bei den Gedanken.

Die private Vorstellung, die uns Jack und Kai ablieferten, hat mich zwar auch irgendwie angeturnt. Meine Lust wurde aber vor allem durch Jannics geschickte Finger entfacht und auch durch die verruchte Situation, ihm ausgeliefert zu sein.

Mein Zittern bleibt nicht unbemerkt. Jannic beginnt mein Haar zu streicheln und irgendwann zupft er nach und nach die Zöpfe auf, die mir Kai zum Schutz meiner weichen Haare geflochten hatte. Ich könnte fast wieder anfangen zu weinen. Es fühlt sich so gut an, erst richtig schön gefickt und dann mit so viel zärtlicher Fürsorge bedacht zu werden. Oh, fange ich etwa an, mich in diesen verfluchten, extrem gut aussehenden Grobian zu verlieben? Bitte nicht. Das darf auf gar keinen Fall passieren!

Den morgigen Tag muss ich noch überstehen und dann kehre ich in mein altes Leben zurück. Entjungfert, aber mit einem dicken Scheck und köstlichen Erinnerungen an gigantische Empfindungen! Okay, auch mit einer schmerzhaften Kehrseite. Doch irgendwie brauchte ich diese Erdung, um das Unvermeidliche anzunehmen und erst recht diese Mischung aus widersprüchlichen Gefühlen. Mein Hirn scheint sich zurückgemeldet zu haben. Ein Gedanke jagt den anderen und trotzdem bin ich so erschöpft, dass ich unter Jannics unermüdlicher Haarentfilzung einschlafe. Das ist ja nichts Neues für ihn.

21. KAPITEL

Gegen Mittag werde ich wach und bin allein. Gut. Ich fahre mir durch das Haar und muss schmunzeln. Er hat tatsächlich alle meine winzigen Zöpfe aufgeflochten. Ich kämme mit den Fingern durch mein Haar und strecke mich dann wohlig auf dem Laken an. Gott, wie wund ich überall bin. Meine arme Muschi brennt unter jeder Bewegung, der Hintern ziept bei Berührung und selbst der Biss an meinem Hals macht sich unangenehm bemerkbar, als ich mit den Fingern darüberfahre. Dieser verfickte Schuft. Wenn ich den morgigen Tag überlebt habe, brauche ich mindestens eine Woche, um zu heilen.

Ich hebe mich ein wenig steifbeinig aus dem Bett und rieche unsere Lustsäfte an mir. Duschen! Ich muss mir die klebrigen Überreste sofort vom Körper waschen. Unbedingt und ohne seine herrische Anwesenheit. Nicht auszudenken, wenn er sich meiner in diesem desolaten Zustand bemächtigt. Alles, nur das nicht. Plötzlich habe ich es furchtbar eilig. Da ich noch immer nackt bin, schlüpfe ich flink unter die Dusche und stelle das Wasser an. Hmmm, wie gut sich die warmen Rinnsale auf meinem verspannten Körper anfühlen. Ich spüre jeden einzelnen Muskel, auch die, von deren Existenz ich bisher gar nichts ahnte.

Meine Hand tastet nach dem Duschbad hinter dem blind beschlagenen Glas und greift … an, kräftige, behaarte Beine. Ich quietsche erschrocken und ziehe meine Finger zurück, als hätten sie einen Stromschlag erlitten. Im selben Moment höre ich sein tiefes Lachen. Er ist hier und ich dränge mich an die äußerste Wand, als könnte mich das retten. Die Fliesen sind noch kalt und lassen mich keuchend zurückrudern. Doch blitzschnell umschlingen mich seine muskulösen Arme und erlauben kein Entkommen mehr.

Ich zische nervös, ergebe mich aber seiner Umarmung. Eines habe ich in den drei Tagen gelernt: Jannic Preankert ist gnadenlos, unnachgiebig und setzt seinen Willen durch. Egal wie. Also warum noch kämpfen? Stattdessen schmiege ich mich an seinem perfekten Körper und genieße das warme Wasser, das an uns herunterströmt. „Spürst du es auch, Kleines? Lass einfach los und nimm dankbar an, was ich dir geben kann. Wir sollten unser Sexarrangement verlängern, Maila!“, eröffnet er mit plötzlich und dreht mich so, dass ich in seine bohrenden Augen sehen muss. Sie scheinen in meinen nach etwas Bestimmtem zu suchen und es nicht zu finden.

Waaas? Nein, um Himmels Willen, bloß das nicht! Ich erstarre in seinen Armen und blicke ihn so erschrocken an, dass er keine verbale Antwort mehr braucht. Zu meinem Entsetzen reagiert er nicht wütend, sondern tief enttäuscht, fast schon traurig. Es versetzt mir einen unerwarteten Stich in der Brust. Damit hätte ich niemals gerechnet. Wo ist plötzlich dieser harte Mann geblieben, der nicht fragt, sondern anordnet und nimmt?

Ich will gerade meinen Mund öffnen, um irgendeine Entschuldigung herauszupressen, da legen sich seine Lippen auf die meinen und küssen mich. Erst weich, dann hart und fordernd. Seine Zunge drängt sich in meine Mundhöhle. Ich wimmere und ergebe mich. Wie gut sich das anfühlt! Ich genieße seine Bemühungen, besonders die Laute, die er dabei ausstößt. Sie fahren ohne Verzug in meine Pussy und ich werde sofort feucht.

Unsere Zungen beginnen wie wild miteinander zu wresteln, als wollten sie nie wieder voneinander lassen und müssten einen Sieger ausfechten. Jannic schenkt mir nichts, raubt mir den Atem. Ich ihm aber auch nicht. Das scheint ihm zu gefallen. Sehr sogar. Er beantwortet meine Hingabe mit lustvollem Brummen. Das erregt mich tatsächlich erneut.

Längst drückt auch er seinen erigierten Schwanz an meine empfindliche Möse und reibt sich daran. Verdammt, ich will ihn schon wieder tief in mir spüren und weiß aber, dass ich viel zu wund für noch eine Runde harten, hemmungslosen Sex bin. Als er einen Finger in mich schiebt, zische ich schmerzvoll und er zieht ihn tatsächlich zurück. Doch dafür dreht er mich mit dem Bauch zur Wand und zieht meinen Arsch nach vorn. Er lässt seine Finger genüsslich durch meine Pospalte gleiten und verharrt an der verbotenen Stelle.

Oh nein, ich kann seine Größe niemals aufnehmen! Nicht in meinem engen Anus. Doch Jannic ist dermaßen geil auf meinen Körper, dass er mich nicht bittet, sondern fordert. Er drückt seinen Finger auf den festen Muskelring und beantwortet mein lustvolles Wimmern mit einer Salve fester Hiebe. Ich schreie und versuche ihm zu entkommen. Doch er hat mich perfekt im Griff und dehnt mich weiter. Erst schiebt er zwei, dann drei Finger in meinen Po und bearbeitet gleichzeitig meine empfindliche Klit. Die Unsicherheit lähmt mich und so klatscht er immer und immer wieder auf meinen glühenden Hintern. Ich kann nicht mehr auseinanderhalten, was und wo ich Schmerz, vermischt mit Lust, fühle.

Seine harten Befehle bringen mich an den Rand des Wahnsinns und doch erregt mich seine Lust auf mich. Plötzlich fühle ich seine dicke Eichel an meiner jungfräulichen Hinterpforte. Er lässt auch diese Stelle nicht aus. Will mich überall besitzen. Ich jammere und versuche mich ein letztes Mal zu retten. Natürlich ohne Erfolg. Ein Jannic Preankert erklärt sich nicht! Seine Erregung ist ins Unermessliche geklettert und er will mich genau da. Zwecklos, mich jetzt noch zu zieren. Stattdessen versuche ich mich auf die prickelnden Empfindungen an meiner Klitoris zu konzentrieren, welche er mir unermüdlich zufügt. Dieser erfahrene Mann ist so überaus geschickt darin und bespielt sie wie ein Instrument, welches er mühelos zum Klingen bringt.

Kaum kann ich meine eigene Lust annehmen, spüre ich den drängenden Druck an meinen Anus intensiver. Dieses geile Spiel bringt mich glatt um den Verstand, lässt mich zusammenhanglose Worte stammeln.

Auch Jannic kann sich kaum noch zügeln. Er wirkt wieder zornig und plötzlich hat er genug. Brüllend packt er meine Hüften und schiebt seinen bereits halb eingedrungenen Schwanz schön langsam in mich. Ich schreie und bettle, nach was auch immer.

Als er endlich bis zur Wurzel in mich steckt, verweilt er tief in mir und ich spüre die extreme Beherrschung, die er aufbringen muss. Dann beginnt er sich vorsichtig zu bewegen. Vor und zurück, vor und zurück. Es brennt etwas und scheint mich fast zu zerreißen, wird aber immer erträglicher. Nach ein paar langsamen Stößen kann ich es problemlos aushalten.

Jannic beginnt wieder meine Muschi zu verwöhnen und bald schon zucke und wimmere ich unter seinem köstlichen Tun. Endlich naht er, der explosive Höhepunkt, der mich in Höhen schleudert, die ich nie zu hoffen wagte. Nun hält auch Jannic nichts mehr. Er stößt härter zu und ich ahne, dass er das braucht. Er knurrt wie ein wildes Tier, zerrt an meinen Haaren und schlägt mir immer wieder kräftig auf den Hintern. Ich lasse mich von seiner Geilheit mitreißen und schreie das Bad zusammen. Wir kommen, heftig, lang und kurz nacheinander. Es ist wie exzessiv sterben und im Himmel ankommen.

Endlich sinken wir völlig fertig auf den Boden der Dusche. Das Wasser spült die Säfte unserer Lust von unseren verschwitzten Körpern. Ich klammere mich an Jannic fest. Nun ist auch dieser Teil meines Körpers wund. Da bleibt morgen nur noch mein Mund übrig. Ich kann und will nicht daran denken.

Den Abend verbringen wir vorm Fernseher und sehen uns Filme an. Ich bin überrascht, wie normal man sich mit diesem dominanten Mann unterhalten kann. Er hält mich die ganze Zeit im Arm und spielt mit meinen Haaren. Für Außenstehende würden wir fast wie ein verliebtes Paar aussehen. Doch nein, wir haben hier ein Arrangement. Morgen Abend darf ich das Appartement verlassen und ich bin meine Geld- und Zukunftssorgen los.

Plötzlich drängt sich mir ein Wort ins Hirn, das mir augenblicklich die Stimmung vermiest: Hure. Hure. Hure. Ja! Ich werde mich so fühlen, wenn ich sein Geld nehme. Für Sex bezahlt! Oh Gott! Wo kommt denn das jetzt her?

22. KAPITEL

Er lässt mir meine miese Laune, ohne näher nachzufragen oder mich dafür zu bestrafen, sondern schickt mich nach einem eher schweigsamen Essen früh ins Bett. Dann geht er, ohne ein Wort zu verlieren. Mann, ist dieser Typ ein Arsch. Gut so! Ich brauche diese klärende Wut auf ihn. Nicht dass meine verpeilten Gefühle noch auf die Idee kommen, ihn zu mögen. Oder sogar mehr. Shit, ich muss hier endlich raus. So schnell es geht.

Ich versuche ganz still zu liegen. Mit tut alles weh. Sogar meine Nippel. Sie sind von seinen kräftigen Kniffen berührungsempfindlich. So kann ich weder auf dem Bauch noch auf dem Hintern liegen. Wie überleben das Damen, die sich mehreren Freiern am Tag hingeben, um ihren Lebensunterhalt zu bestreiten? Da ist er wieder, dieser Gedanke in Richtung käuflicher Liebe. Muss ich mich jetzt etwa als Hure bezeichnen? Eine bezahlte Frau? Würden meine Freunde oder sogar Mama mich verstoßen, erführen sie von diesem versauten Deal?

Ich weigere mich verzweifelt, weiter darüber nachzugrübeln. Das kann ich morgen immer noch machen, während er mir den Scheck aushändigt. Wie wird er sich dabei verhalten? Legt er ihn diskret auf den Tisch und verschwindet dann ohne Gruß, so wie heute Abend? Ich wische mir frustriert eine Strähne aus dem Gesicht. Die erschreckende Eingebung, dass ich Jannic Preankert nie wiedersehen könnte, drückt plötzlich auf mein Gemüt. Nein, nein, nein! Ich sollte mich freuen, sogar unbändig freuen! Endlich wieder frei und erlöst! Doch ich fühle keine Erleichterung.

Schluss jetzt. Ich drehe mich frustriert auf die Seite und versuche zwanghaft einzuschlafen. Es will mir ewig nicht gelingen …

Doch irgendwann werde ich am nächsten Morgen munter. Der Blick auf den Wecker neben meinem Bett gibt mir Gewissheit. Also muss ich irgendwann eingenickt sein und traumlos durchgeschlafen haben. Kein Wunder, ich wurde ja vorher kräftig durchgefickt. Sogar von hinten. Dabei wollte ich doch keinen analen Verkehr. Na ja, eigentlich ja doch … Und zwar mit meinem Dom, Jannic Preankert. Ich grinse dümmlich und weiß selber nicht warum.

Das Frühstück steht erneut bereit und duftet verführerisch. Ich lasse meine Augen begehrlich über die aufgetischten Köstlichkeiten schweifen und bleibe überrascht an einer Rose hängen. Sie liegt auf meinem Teller und trägt noch Tau auf ihrer Blüte. Ich erinnere mich, dass am Eingangsportal der „Venusfalle" herrliche Rosenstöcke stehen, genau in dieser Farbe. Entdeckt der knallharte Dom gerade seine romantische Seite an sich? Lächelnd nehme ich die zartrosa Blume und schnuppere genießerisch daran. Hmmm, ihr Duft ist einfach wundervoll. Ich stelle sie in mein gefülltes

Wasserglas und betrachte sie, während ich mir Toast, Marmelade und Ei in den Mund schicke.

Gott, bin ich hungrig. Das muss der nervenaufreibende Sex sein, den mir Jannic zumutete. Ich denke über die Veränderung nach, die ich bei ihm beobachten konnte. Er wirkt seit gestern viel ausgeglichener und da ist irgendetwas in seinen Augen, das ich nicht erklären kann. Sie sehen mich irgendwie anders an. Viel tiefer und liebevoller als noch vor vier Tagen.

Ich kann mich auch täuschen und eigentlich sollte mir das egal sein. Am Abend bringt mich dieser Antony wieder nach Hause, so die Abmachung. Gut, dann werde ich diesen letzten Tag auch noch überstehen und Jannics Lust befriedigen, bevor er mich bezahlt. Doch mir ist mulmig. Es gibt sicherlich ein Finale. Ich spüre das. Was wird er heute mit mir tun, dieser Bastard? Eigentümlicherweise vibriere ich vor Aufregung und ja, ich kann ein lustvolles Ziehen in meiner Mitte nicht leugnen. Was bin ich nur für ein nymphomanisches Monster geworden?

Doch bevor ich mir diese Frage beantworten kann, betritt Jannic, nur mit einer abgewetzten Jeans bekleidet, das Appartement. Ich starre fasziniert auf sein gebräuntes Sixpack und schlucke nervös. Er bemerkt es, verzieht aber keine Miene. Oh, oh. Ich bekomme es heute wohl mit dem strengen Dom zu tun. Mein armer Hintern tut mir jetzt schon leid.

„Ausziehen, Madame!“, flucht er plötzlich gepresst, drückt sich dann aber auf die Schläfen und atmet bewusst durch. Dann sieht er an mir herunter und zeigt auf mein Kleid. „Wann habe ich dir heute erlaubt, dich anzuziehen? Scheiße, Maila, du hast noch immer nichts begriffen, wie das mit den Regeln geht. Du wirst mir heute bedingungslos gehorchen und ich bestrafe und ficke dich, bis du schreist, verstanden!“, verkündet er, trotz harter Wortwahl, seltsam nachdenklich.

Jetzt wird mein Mund erst recht staubtrocken. Spinnt der Kerl jetzt völlig? Habe ich nicht gerade gedacht, er verhält sich endlich ein wenig zugänglicher? Das muss in einem anderen Leben gewesen sein. Ich will am liebsten zurückmotzen, traue es mich dann aber doch nicht und streife widerwillig das Kleid von meinem Körper. Als er das winzige Spitzenhöschen bemerkt, knurrt er noch grimmiger und er muss mir nicht sagen, dass dieser Frevel natürlich auch gegen seine Regeln verstößt.

So reumütig, wie ich mich geben kann, steige ich aus der sündigen Unterwäsche. Selbst schuld, wenn er sie im Badezimmer liegen lässt. „Es tut mir leid!“, flüstere ich heiser und lasse die Sachen bewusst auf den Boden liegen. Jannic versetzt dem Häufchen einen Tritt und funkelt mich an. „Das wird es, Madame. Darauf kannst du wetten“, droht er und zeigt auf das Schlafzimmer.

Die Geste genügt, um mich völlig aus der Bahn zu werfen. Ich bin nervös und beginne zu zittern. Jannic wirkt unbeeindruckt und legt seine riesige Hand zwischen meine Schulterblätter. Er schiebt mich in die gewünschte Richtung, weil meine Gummibeine einfach nicht gehorchen wollen. Was wird mich gleich erwarten? Ein erregender Schauder läuft mir über den Rücken, obwohl die Hitze seiner Finger ein imaginäres Loch in meine Haut brennt. Wie kann ein Mensch nur so heiß sein? Ich schlucke und schlucke. Trotzdem kann ich den dicken Kloß im Hals nicht loswerden.

Kaum sind wir im Schlafzimmer angekommen, drückt er mich mit dem Rücken an die nächstbeste Wand und tritt ein paar Schritte zurück. Er verschränkt die Arme vor der Brust und betrachtet mich. Lange und begehrlich. Seine Augen zwingen mir seinen Blick auf und ich kann ihnen beim besten Willen nicht mehr standhalten. Ergeben senke ich meine Lider und fixiere nervös den Boden.

„Sieh mich an, Maila!", befiehlt er mir fest. Da ich nicht reagiere, wird sein Ton lauter und bedrohlicher. „Du sollst mich ansehen. Sofort!", herrscht er mich an und meine Augen fliegen wie von selbst in sein Gesicht. Ich bemerke die Schweißperlen auf seiner Stirn und ahne, dass sie seiner mühsam aufrechterhaltenen Selbstbeherrschung geschuldet sind.

„Runter auf die Knie!", verschärft er seine Forderung. Ich wimmere leise und ahne, was nun kommen soll. Oh nein. Ich weiß nicht, ob ich Blowjobs mag. Bei Jack und Kai hat mir der Anblick ihrer Geilheit zwar letztlich gefallen. Aber er ist grundsätzlich so, dass mich fickende Männer nicht wirklich interessieren. Ja, ich bin jetzt sicher: Ich kann das! Nur dieses eine Mal und dann hat er alles von mir bekommen, was er sich zu erkaufen hoffte. Er hat meine Jungfräulichkeit gleich dreimal genommen: Meine Pussy, mein Anus und nun will er auch noch in meinen Mund eindringen!

Da ich ihn ansehen soll, kann ich nicht auf seinen bereits voll erigierten Schwanz blicken. Gott, ich weiß genau, wie riesig der ist und was er mir schon für schmerzhafte, aber auch gigantisch gute Empfindungen herausgevögelt hat. Da ich seiner Aufforderung noch immer nicht nachkomme, ist er in zwei Schritten bei mir und drückt mich streng nach unten. Ich jammere und habe nun plötzlich seinen steifen Penis in ganzer Pracht direkt vor meinem Mund.

Jannic hat, von mir unbemerkt, die Jeans geöffnet. Seinen Duft aus sauberer Frische und einer Note, anmutend wie Finsternis und Wald, betört meine geschärften Sinne und lässt mich schamlos schnuppern. Hitze schlägt mir entgegen und vermischt sich mit meiner durch unsere intensive Nähe. Ich bin froh, dass mich sein Schwanz nicht abtörnt. Nein, ganz im Gegenteil. Er ist zum Bersten hart und daran bin nur ich schuld. Gut.

Jannic knurrt, als er mein Haar zusammennimmt und um seine Faust wickelt. Seine lustverklärten Laute verursachen unkontrollierte Zuckungen in meinem Unterleib und ein Schwall Nässe schwappt aus meinem Geschlecht. Jetzt rieche ich meine eigene Geilheit und weiß nicht, wo das herkommt. Auch Jannic saugt meinen Duft in sich ein und stöhnt dabei wie ein wildes Tier. „Du bist so geil, Maila. Ich habe noch nie so eine empfindsame Frau erlebt. Unglaublich. Nimm meinen Schwanz in deine Hand. Du sollst fühlen, wie sehr er sich nach deiner süßen, nassen Mundpussi sehnt", keucht er und die Wut auf mich scheint wie vom Winde verweht. Sein Hirn scheint nur noch auf eines fixiert: Ficken. Ficken. Ficken.

Ich umfasse die dicke Wurzel und staune, wie steinhart sein Schwanz ist und sich trotzdem samtig anfühlt, fast schon zart. Ich streiche ehrfurchtsvoll über die dicken Adern und bewege dann meine Faust zaghaft auf und ab. Jannic keucht wie unter Schmerzen und umfasst meine Hand mit der seinen. „Mehr, Baby. Ich brauche es härter, fester. Knete und massiere meine Eier, Maila!", befiehlt er mir heiser und dirigiert meine Finger. „Gut so. Und nun öffne deine Lippen für mich", knurrt er gepresst und übernimmt seinen Schwanz wieder selbst. „Mund auf und streck deine Zunge raus. Du lernst sehr schnell, Kleines!", lobt er mich, als ich die Spitze meiner Zunge über seine dicke, feuchte Eichel lecke und sie dann in die kleine Öffnung bohre.

Jannics Griff in meinem Haar wird blitzartig fester und ich spüre, dass er eher sich selbst als mich zügelt. Gott, er ist so geil. Jeder seiner perfekten Muskeln scheint bis zum Äußersten angespannt. „Maila!", zischt er gepresst. „Nimm jetzt den Schwanz in den Mund. Ich muss da rein", bellt er mich an und drückt selbigen gegen meine Lippen.

Ich lasse ihn ein und bereue es kein bisschen. Er bewegt sich nur ganz wenig, lässt mit Zeit, und beginnt erst dann, in meine Mundhöhle zu stoßen. Er zittert vor Anstrengung, sich nicht so auszutoben zu können, wie er es tatsächlich braucht. Dennoch lässt er mir kaum Luft und drückt meinen Kopf seinen Stößen souverän entgegen. Ich verspanne mich und erstickte Laute pressen sich aus meiner Kehle. Weil ich mich nicht entspannen kann, setzt beim tieferen Eindringen fast der Würgereflex ein.

Jannic verharrt sofort und streicht mir beruhigend über den Kopf, ohne jedoch seine Faust aus meinem Haar zu lösen. „Du machst mich so geil, Baby. Ich kann mich bei dir einfach nicht beherrschen. Saug ihn aus. Schlucke meinen Saft. Es ist alles für dich“, knurrt er animalisch und beginnt erneut in mich zu stoßen. Doch dieses Mal vorsichtiger und nicht ganz so tief.

Ich kann mich beruhigen, sogar Gefallen daran finden, wie sehr es ihm in meinem Mund gefällt. Meine Kehle entspannt sich und ich erinnere mich, wie Kai dabei schluckte. Ich versuche es und tatsächlich, der Würgreflex verschwindet.

Plötzlich verharrt Jannic brüllend und dann schießen warme Ströme seiner Sahne in meinen Mund. Ich versuche alles herunterzuschlucken. Der Geschmack ist ungewohnt, ein wenig salzig, aber nicht unangenehm. Alles bekomme ich nicht herunter. Es ist einfach zu viel und mein Mund zu voll durch sein riesiges Glied. Mir läuft ein wenig aus den Mundwinkeln heraus.

Jannic zittert und verkrallt sich in mein Haar, bis sein kräftiger Höhepunkt abebbt. Dann zieht er sich aus mir heraus und wischt mir seinen Saft von den Mundwinkeln. Er lächelt dabei und zieht mich auf die wackligen

Beine. Dann küsst er mich fordernd und das trotz seines Geschmackes auf meinen Lippen.

Als er sich von mir löst, bin ich atemlos und er deutlich zufrieden. „Das war sehr gut, Maila, aber noch ausbaufähig. Es wird von Mal zu Mal besser!“, verspricht er mir heiser. Ich starre ihn an. Was? Morgen bin ich nicht mehr hier und ob ich das jemals mit einem anderen Mann könnte, wage ich zu bezweifeln.

Noch bevor ich seine Ankündigung beantworten kann, fragt er mich, ob ich Lust auf Bondagespiele habe. Lächelnd nicke ich …

23. KAPITEL

„Das wird unsere allerletzte Session, Maila. Ich bestrafe und ficke dich. Hart und intensiv! Dann darfst du gehen und mich vergessen. Du hast keine Chance, sich dem zu widersetzen. Mein Ziel ist es, dass du mich nie wieder sehen willst. Denn eines habe ich in den vier Tagen einsehen müssen: Du bist wohl nicht devot genug, um meine persönliche Sub zu werden. Meine Hoffnungen dahingehend haben sich zerschlagen.

Das war meine wahre Intention, Maila. Eine unberührte Jungfrau zu ficken, die noch keinerlei sexuelle Erfahrung besitzt, sie zur Frau machen und vielleicht sogar zu meiner Sub, die letztendlich nur mir dient. Darum habe ich dieses Arrangement ins Leben gerufen und schon einige Male ausprobiert. Bisher leider ohne Erfolg. Und auch bei dir hatte Carmen wohl von Anfang an recht. Du bist ebenfalls keine wahre Sub, sondern einfach nur eine hübsche junge Frau, die sich nach einem dominanten Mann sehnt. Jedoch nicht in dem Ausmaß, wie ich es wirklich brauche.

Es wird Zeit, dass du meine wirklichen Bedürfnisse kennenlernst – und danach willst du nicht bleiben. Also muss Kai nach der nächsten Kandidatin Ausschau halten, sie für mich ködern und dann werde ich diese Frau genauso prüfen wie dich, Maila. Schade, ich bin tatsächlich frustriert, denn ich bin sehr angetan von deiner wunderbaren Natürlichkeit und Süße. Ich habe dieses Mal wirklich gehofft, du wärst es. Ich glaube sogar, ich bin, und das ist eine neue Erfahrung für mich, sogar ein wenig verliebt in dich. Ich werde leiden, wenn du gegangen bist. Doch du kannst nicht gehorsam sein und du magst Schmerz nur in etwas geringerer Dosierung und ich bin durchaus dominant veranlagt. Doch selbst bei einem simplen Spanking bist du unsicher", gibt er mir zu verstehen und überprüft dabei akribisch den Sitz der Seile, mit denen er mich an das Bett fesselte.

Ich höre seine Worte mit einem Anflug von Schauder und kann nicht glauben, was er mir da zu verdauen gibt. Hat er tatsächlich angenommen, ich würde als seine Sub bei ihm bleiben, falls er befindet, dass ich seinen Ansprüchen genügen könnte? Nach so einem Geständnis? Niemals. Und was erwartet mich jetzt noch? Er will mir seine dominanten Bedürfnisse demonstrieren und zwar so, dass ich danach nur noch meinen verdienten Scheck schnappe und schreiend davonlaufe, wenn wir hier fertig sind. Das darf doch alles nicht wahr sein!

Sie haben mich beide belogen, benutzt und nun wollen sie mich nach Hause schicken, weil ich nicht in Jannic Preankerts Konzept passe. Ich wäre sowieso gegangen, doch diese Genugtuung muss ich mir jetzt selber geben. Ich werde seine Session überleben und ihn emotional überfordern. Das heißt, ich werde eine perfekte Sub abgeben und dann gehe ich mit hoch erhobenem

Kopf, auch wenn er seine Meinung ändert und mich behalten will. Arschloch, verdammtes.

Meine Entschlossenheit lässt mich geistig und körperlich erstarken. Fast sehne ich mich danach, dass er endlich beginnt, seine wahren Gelüste auszuspielen. Ich summe innerlich und werde tatsächlich feucht. Das kann doch nicht wahr sein? Warum macht mich diese verschrobene Situation auch noch geil auf seine Spielchen? Er gedenkt mir schließlich Schmerz zuzufügen und ich empfinde sexuelle Gier? Auf was denn? Vielleicht irrt er sich und ich bin so was von devot, nur hat er bisher nicht die richtigen Knöpfe gedrückt, dieser verdammte Bastard. Dass ich nicht lache. Am liebsten hätte ich ihm ein paar deftige Worte an den Kopf geknallt, doch ich habe eine Mission und ich werde es schaffen, mich für diese letzte Session im Griff zu haben. Ich genieße die Situation!

Jannic wundert sich sichtlich, dass ich trotz seiner strengen Offenbarung nicht aufbegehre. Ich liege ganz still und warte, was er mit mir machen möchte. Ich höre seine Jeans rascheln und weiß, dass er nun genauso nackt ist wie ich. Irgendwie gibt mir das ein Triumphgefühl und ich entspanne mich noch mehr.

Er setzt sich mit seinem halb erigierten Schwanz auf mich und beginnt meinen Körper zu streicheln und zu kneten. Ich wundere mich sehr, denn so zärtlich hat er sich noch nie verhalten. Es ist, als nehme er Zentimeter für Zentimeter Abschied von meinem Körper. Seine Finger fühlen sich an, als trauerten sie um mich. Ich bin wohl langsam verrückt geworden. Das kann nicht sein und doch gibt sich sehr viel Mühe.

Ich rekle mich wohlig. Auch als er mit seinen Fingern zwischen meinen geöffneten Schenkeln verschwindet und ohne Vorwarnung in meine nasse Pussy taucht und dann die beträchtliche Nässe auch zwischen meiner Pospalte verteilt. Ich bleibe folgsam, dränge mich sogar seinen Fingern entgegen.

Er stöhnt überrascht und schlägt mir kurz und heftig auf den Arsch. Doch auch das quittiere ich ihm mit einem genussvollen Stöhnen. Ich bringe ihn völlig aus dem Konzept. Er steigt von mir herunter und ich höre, wie der die Schublade der schweren Kommode öffnet, die im Schlafzimmer steht und dessen Inhalt mir durchaus bewusst ist. Ich höre, wie er etwas durch die Luft surren lässt, und nun muss ich mich doch bewusst zwingen, ruhig zu bleiben.

„Du machst mich fertig, Maila. Wieso tust du mir das an?“, knurrt Jannic und reibt mir nun fest über meine Pohälften. Ich ahne, dass er meine Haut vorbereitet, für was auch immer. „Du hast während dieser Tage so einige Regeln gebrochen, Madame. Ich habe deine Sünden nicht vergessen. Bevor ich dich ficke, werde ich dich Gehorsam lehren und du wirst meine Strafe dankbar annehmen. Zehn Hiebe mit der Reitgerte stehen dir bevor und ich werde sie kraftvoll ausführen. Solltest du ‘Halt!’ rufen, werde ich aufhören und dich unverzüglich nach Hause schicken“, erklärt er mir streng.

Ich horche auf. Ist es nicht das, was ich die ganze Zeit will? Sofort nach Hause gehen? Wieso rufe ich nicht gleich „Halt!“ und gehe, ohne mir diese letzte Session gefallen zu lassen? Nein, dann wäre ich die Verliererin und er weiß das ganz genau. Er hat mich durchschaut, dieser Mistkerl, und will als Sieger aus dem Ring gehen. Vergiss es. Diese Genugtuung gönne ich dir nicht. Ich will meine Ehre zurück.

Ich wackle aufreizend mit dem Po und stöhne lasziv. Jannic Preankert zieht überrascht die Luft ein und tritt mit festen Schritten an das Bett. „Gut, du hast deine Wahl getroffen, Maila.“

Jetzt trifft mich der erste Schlag und ich schreie vor Überraschung. Scheiße, tut das weh. Ich versuche den beißenden Schmerz wegzuatmen und denke, dass ich keine einzige Wiederholung aushalten kann, ohne diese vermaledeite Safewort zu schreien. Klatsch! Da knallt der nächste Schlag wenig unterhalb des ersten auf meine malträtierte Haut.

Ich stöhne und spanne mich an. Oh nein, das hätte ich nie vermutet. So schlimm. Und so gut! Wimmernd versuche ich mich wegzudrehen, was natürlich aufgrund der Fesselung nicht geht. Wieder trifft mich ein Hieb und das süße Brennen wird so unerträglich, dass ich vor Lustschmerz zische.

Doch plötzlich geht eine Veränderung in mir vor. Ich habe plötzlich das Gefühl, mein gepeinigter löst sich von meinem bewussten Denken. Die Hitze auf meiner geröteten Haut verwandelt sich nach und nach in ein wohliges Prickeln, welches meine feuchte Pussy klatschnass werden lässt. Wow, ist das gut. Der nächste Schlag verstärkt dieses Gefühl noch tausendfach und ich entspanne mich endlich.

Ich höre Jannic überrascht aufkeuchen und dann fühle ich seine reibenden Finger auf meine Klit. Ich brauche nur wenige Stimulationen und dann komme ich. Hart, zerstörerisch und immer wieder. Ich schreie, winde mich unter seinem köstlichen Tun und weine hemmungslos. Nicht vor Schmerz, sondern vor Glück, vor Wonne, vor Erkenntnis. Ich weiß nicht, ob er mir tatsächlich alle zehn Hiebe verpasste oder ob ich ihm mit meiner Reaktion überrascht habe. Dies geschah alles ohne meine bewusste Wahrnehmung. Es kribbelt an meinem ganzen Körper und ich würde ihn am liebsten anbetteln weiterzumachen.

Plötzlich zieht Jannic meinen glühenden Hintern nach oben und dringt in mich ein. Mit seinem Schwanz in meine zuckende Möse und mit zwei nassen Fingern in den Anus. Ich weiß nicht mehr, was ich machen soll. Es ist, als hätte eine fremde Macht von mir Besitz ergriffen und ich bin unfähig, irgendetwas dagegen zu tun. Doch das will ich ja gar nicht. Ich genieße jeden einzelnen Stoß, mit dem er in meine überempfindlichen Öffnungen eindringt, und sein animalisches Stöhnen fährt mir ins tiefste Lustzentrum.

Ich komme schon wieder. Ich kann längst nicht mehr und will trotzdem nicht aufhören. Bitte, bitte … es muss enden, weitergehen …! Dann explodiert auch er und beim Hineinpumpen seines heißen Saftes schlägt er mit der bloßen Hand wieder und wieder auf meine glühenden Pohälften, bis wir beide erschöpft sind.

Ich werde wohl nie mehr heilen. Nicht wegen seiner strengen Behandlung, sondern wegen dieser verstörenden, devoten Empfindungen, die er in mir erweckte. Aber genau das will ich ja!

24. KAPITEL

Ein Streicheln weckt mich aus meiner Erschöpfung. „Du musst wach werden, Baby. Antony ist da“, höre ich wie aus der Ferne und so unglaublich liebevoll, dass ich meine Augen geschlossen halte. Ich fürchte, diese Wahrnehmung verfliegt, wenn ich nachgebe und der Wirklichkeit entgegenblicke. Doch das Streicheln wechselt in gröbere Methoden. Jannic zieht mir an den Ohrläppchen und beißt dann in meinen Hals. Ich quietsche erschrocken und erhebe mich wenig später aus dem Bett. Ich blinzle und sehe mich gähnend um. Gott, mir tut alles weh. Vor allem mein armer Arsch, auf dem ich gerade wenig bequem sitze.

Mein Rollkoffer steht gepackt im Raum und auch die Sachen, mit denen ich gekommen bin, liegen am Fußende bereit. Jannic steht in einem dunkelblauen Anzug, ganz Geschäftsmann, mitten im Raum und füllt diesen mühelos mit seiner dominanten Ausstrahlung. Ich fühle ein lustvolles Ziehen in meiner Mitte und will es nicht wahrhaben. Die bloße Anwesenheit dieses Mannes genügt, um mich nass werden zu lassen. Wann ist das denn passiert?

Dann bin ich schlagartig wach. Es ist so weit. Ich darf jetzt gehen und werde für das zweifelhafte Arrangement ausbezahlt. Warum fühle ich mich gerade so beschissen? Ich bin doch bei unserer letzten Session als Siegerin hervorgegangen. Doch dieser Triumph will sich nicht mehr einstellen. Ich sehe in Jannic Preankerts attraktives Gesicht und weiß, dass er mehr in mir sieht als ein Experiment. Doch warum redet er nicht mit mir? Er könnte mich doch umzustimmen versuchen. Doch mein Blick fällt auf seine Hände und ich erstarre. Er hält einen unscheinbaren Umschlag zwischen den Fingern und ich weiß, dass er das Geld beinhaltet.

Ich versteife mich und mit einem Schlag wird mir bewusst, dass ich es nicht will. Nach unserer letzten Session ist mir bewusst, dass ich mehr will: Ihn. Diesen dominanten Kerl, Jannic Preankert. Wenn ich jetzt gehe, dann reißt es mir das Herz heraus, und ich will gar nicht leugnen, dass ich mich selber dafür hasse.

Jannic hält mir den Umschlag hin und ich hasse seine aufgesetzte Förmlichkeit. „Mach ihn auf, Maila!“, herrscht er mich an. Ich schlucke trocken und Tränen bilden sich in meinen Augenwinkeln. „Bitte, Jannic. Ich will das nicht …!“, stammle ich und sehe ein plötzliches Aufleuchten in seinem Gesicht. Doch ich kann mich auch irren, denn er wirkt sofort wieder finster. „Aufmachen!“, knurrt er böse und ich befolge wie unter Zwang seine strenge Anweisung.

Doch als ich den Brief öffne, ist darin kein Geld. Ich ziehe einen winzigen Zettel heraus. Darauf stehen zwei Sätze. Ich schreie, als ich sie lese, und fliege ihm in die weit geöffneten Arme: „Bitte bleib und gib mein ganzes verdammtes Geld aus! Ich liebe dich!“

* *ENDE* *

Sie möchten noch mehr erotische Lese-Lust?
– Kein Problem! Wie wäre es denn mit …

Andine Steffens

Sei streng zu mir! - Band 2

Fesselnde Begierde

Paperback, S/M-Roman, 224 Seiten, 9,95 € (D)

ISBN 978-3-7986-0691-3

Stillen Sie Ihre Lese-Lust! www.stephenson.de

Auszug aus dem Inhalt:

(...) Marius lässt Hannah auf dem Bett schmoren. Sie soll sich etwas beruhigen. Er bereitet inzwischen den Raum vor. Am liebsten wäre er mit ihr in den Lustkeller gegangen. Doch Kanter will sie nicht noch mehr aufregen. Sie zittert bereits am ganzen Körper. Aber es tut ihm nicht leid. Sie hat ihn mit ihrer Aufforderung bereits in seinem Dom-Modus katapultiert und er will sich nicht dagegen wehren. Kanter darf jetzt keinen Fehler mehr machen. Diese Session kann darüber entscheiden, ob sie BDSM annimmt oder für immer ablehnt. So viel Selbstbeherrschung muss er sich auferlegen.

Sein Blick ruht auf ihrem nackten Körper. Die hat den Kopf in eines der weichen Kissen versteckt, doch ihr appetitlicher Hintern wölbt sich wie ein verführerischer Lusthügel nach oben. Er entdeckt seinen rosa Handabdruck auf ihren rundlichen Pobacken. Das erregt ihn nur noch mehr. Nachher, wenn er mit ihr fertig ist, werden sich feine rote Linien als Folge seiner durchgeführten Erziehungsmaßnahmen über ihre weiße Haut ziehen. Kanter giert förmlich nach diesem Bild und kontrolliert nochmals akribisch den tadellosen Sitz der Handschellen, mit denen er Hannah wortlos ans Bett fesselte. Arme und Beine sind bereits an jedem Bettpfosten befestigt. Sie liegt wie ein aufgespanntes X auf dem seidenen Laken und harrt ihrer angedrohten Bestrafung, die eigentlich keine ist, sondern ein sinnliches Experiment.

Die Ungewissheit lässt Hannah vor Anspannung beben. Sie fühlt sich wie vor einer schwierigen Prüfung. Wenn sie ihn jetzt enttäuscht, wird sie sich eine gemeinsame Zukunft mit ihrem herrischen Despoten abschminken müssen. Nach seiner haarsträubenden Erklärung ist sie sich sicher, dass dieser Mann nicht immer in der Lage sein wird, auf seine sadomasochistischen Praktiken zu verzichten. Das hörte sie aus seinen unmissverständlichen Worten mehr als deutlich heraus. Doch sie weiß auch, dass er sich danach sehnt, sie könnte ihm endlich bedingungslos vertrauen. Das wird ihn doch hoffentlich davon abhalten, ihr mehr zuzumuten, als sie an Schmerz ertragen kann.

Sie beobachtet Marius heimlich aus den Augenwinkeln. Er zieht die edlen Brokatvorhänge zu und zündet einige Duftkerzen an. Schnell gönnt sie sich noch den überaus verführerischen Anblick auf Kanters gigantisch schönen Körper. Außer seiner derben Markenjeans trägt er nichts am Leib. Sein Sixpack definiert sich deutlich über den tief sitzenden Bund und lässt ihr das Wasser im Munde zusammenlaufen. Hannah möchte diesen Mann am liebsten auffressen, so sehr begehrt sie ihn! Doch diese herrliche Aussicht kann sie nicht lange genießen. Der blickdichte Stoff vor den hohen Bogenfenstern lässt nun keinen einzigen Lichtstrahl mehr ins Innere dringen. Die Kerzen tauchen den Raum in ein diffuses, flackerndes Licht und Hannah fröstelt ein wenig. Warum nur lässt er sie so unberührt liegen? Hannah spürt seine begehrlichen Blicke förmlich auf ihrem bloßen Körper brennen und hört ihn tiefer atmen als zuvor. Ihre ganze Anspannung sammelt sich plötzlich zwischen ihren Beinen und beschert ihr ein lustvolles Zusammenziehen ihres Unterleibes. Erregt sie etwa das ihm so bedingungslose Ausgeliefertsein? Oder verbindet sie Marius' herrische, machtdemonstrierende Art bereits mit den köstlichen Erinnerungen an seine überaus sinnlichen Überfälle auf ihr sensibles Lustzentrum? Die gigantischen Orgasmen, zu denen er ihr reihenweise verhalf, katapultierten sie schon so oft in eine Welt voller unbeschreiblich intensiver Genüsse.

Plötzlich kann sie es gar nicht mehr erwarten, dass er sie berührt. Doch noch immer hält er sich mit nicht ersichtlichen Vorbereitungen auf. Sie hört, wie er Schubladen öffnet und schließt. Was dauert denn nur so lange? Unruhig fängt Hannah an, sich zu winden, und sie reckt ihren Kopf neugierig in seine Richtung. Klatsch! Plötzlich landet seine schwere Hand auf ihrem wackelnden Hintern. „Au!", erschreckt sich Hannah. Darauf war sie nicht gefasst und es tat weh. Doch vielleicht war es auch nur der Schreck, der sie entsetzt kreischen ließ. „Sei still!", herrscht er sie dunkel an. „Du musst lernen, Geduld aufzubringen. Nur ich allein sage dir, was du tun darfst und was nicht. Bleib ruhig liegen und warte, bis ich gewillt bin, mich näher mit dir zu beschäftigen!", belehrt er sie streng und schlägt ihr zur Bekräftigung seiner Forderung nochmals auf den brennenden Po.

Sie keucht mit zusammengebissenen Zähnen. Doch sie konnte ihren Schmerzenslaut erfolgreich unterdrücken. Hannah erahnte seine zweite Reaktion im Voraus und war gewappnet. Langsam hallt die unangenehme Empfindung ab und hinterlässt eine wohlige Hitze auf ihrer Haut. Die breitet sich unerklärlicherweise aus und wandert direkt in ihre pochende Mitte. Hannah schnappt überrascht nach Luft. Wow, sie spürt bereits Nässe zwischen ihren gespreizten Schenkeln und muss sich zwingen, nicht lustvoll aufzustöhnen! Sie wünscht sich plötzlich so sehr, dass er ihre harte Perle reibt und diese ersten, zarten Empfindungen weiter verstärkt. Doch heute steht ihm nicht der Sinn nach Blümchensex.

Kanter sieht bewundernd auf sie herunter. Wie schön diese Frau doch ist und wie unerfahren in der eigenen Steuerung ihrer Sinnlichkeit. Er überwacht mit Staunen jede lesbare Reaktionen und ihm gefällt sehr, was er da sieht. Hannah lässt sich tatsächlich darauf ein. Die leichten Schläge scheinen ihre Wirkung nicht verfehlt zu haben. Sie liegt nun regungslos auf dem Bett und wartet auf seine Wünsche. Seine unsanfte Behandlung scheint sie sogar zu erregen. Knurrend und ohne Vorwarnung schiebt er zwei Finger zwischen ihre bereits gut befeuchteten Schamlippen und dringt tief in sie hinein.

Hannah zuckt stöhnend zusammen und nachdem sie sich an seine derbe Berührung gewöhnen konnte, drängt sie sich ihm seufzend entgegen. Wieder saust Kanters kräftige Hand mit Nachdruck auf eine ihrer Pobacken. „Du bist mir etwas zu unersättlich, Prinzessin. Still, verdammt. Deine Möse ist schon so nass und bereit für meinen Schwanz. Deine Lüsternheit werde ich dir jetzt austreiben müssen!", droht er ihr mit grollender, tiefer Stimme. Hannah erschaudert unter seinen strafenden Worten und wimmert bedauernd, als er sich aus ihr zurückzieht. Doch sie wagt nicht, sich zu beschweren oder um mehr zu bitten. Bisher berührte er sie ausschließlich an ihrem willigen Geschlecht und sie brennt schon lichterloh.

Kanter jubiliert. Doch der schwierigste Teil steht noch bevor. Wieder lässt er Hannah schmoren. Er grinst, als er bemerkt, wie schwer es ihr fällt, sich still und regungslos zu verhalten. Noch ein paar Sekunden Geduld auf seiner Seite und er könnte sie bereits wieder für ihre Ungehorsamkeit bestrafen. Doch auch Marius Kanter kann sich kaum mehr zügeln. Sein stahlharter Schwanz zuckt bereits bedrohlich und fordert baldige Erlösung. Plötzlich vernimmt Hannah ein gruseliges Surren. Kanter schwingt die angekündigte Reitgerte kraftvoll durch die Luft und verursacht damit ein bedrohliches Geräusch. Sie reagiert mit einer schaudernden Gänsehaut auf ihrem gesamten Körper. Er wird Hannah nun tatsächlich bestrafen!

Kanter hält sein Wort und sie verspricht sich selbst, es auszuhalten. Sie spannt angstvoll ihre Arme und Beine an. Er bemerkt es und knurrt gefährlich. „Nicht, Prinzessin! Lass dich gehen. Du weißt, ich muss dich jetzt züchtigen. Du warst sehr, sehr ungehorsam. Doch irgendwann wirst du alle meine Wünsche verstehen und respektieren lernen. Dann kann ich dich schonen.

Du erhältst jetzt zehn kräftige Hiebe mit der Reitgerte. Schaffst du das, Hannah?“, fragt er überraschenderweise nach. Sie nickt kaum merklich. „Ja, ich versuche es!“, flüstert sie und wappnet sich für den ersten Schlag.

Doch Kanter fährt vorerst nur mit der Spitze der Gerte über ihre empfindsame Haut. Diese zarten Berührungen elektrisieren sie förmlich. Er beginnt an ihrem schlanken Hals, schreibt zart ihre Wirbelsäule nach und zieht sie vorsichtig zwischen ihren Pobacken hindurch. Dann berührt er einige Male ihre nasse Pussy. Hannah wimmert leise, versucht aber ganz still zu liegen. Kanter streichelt über ihre Oberschenkelinnenseiten und endet quälend langsam an ihren kleinen Füßen. „Bitte?“, stammelt Hannah plötzlich. Sie kann sich nicht mehr beherrschen. Ihr ist plötzlich egal, was er für diesen Regelbruch mit ihr macht. Hauptsache er lässt sie unverzüglich mehr spüren.

Dann kommt der erste Hieb und Hannah keucht überfordert. „Verdammt, das ist schlimm!“, schreit sie ihn an. Doch er zeichnet nur wortlos den entstanden rosa Streifen auf ihrem Hintern nach. „Eins!“, kommentiert er ungerührt ihren heftigen Schmerzenslaut. Dann zischt auch schon der nächste Schlag durch die Luft und landet klatschend auf ihrer gepeinigten Haut. „Du verfickter Idiot! Hör auf!“, kreischt sie und zerrt hektisch an ihrer Fesselung. Doch Kanter denkt gar nicht daran, sie zu erlösen. „Drei!“, und zack beißt sich die Gerte erneut in ihre weiche Haut. „Ich hasse dich. Du spinnst doch, du Irrer!“, kommentiert sie seinen strengen Überfall. „Vier!“, knurrt er unnachgiebig und lässt sein Instrument erneut niedersausen. „Binde mich los. Ich kann das nicht. Es tut so höllisch weh. Sir, bitte …?“, quengelt sie und ändert die Taktik. Doch das ändert nichts an seiner Vorgehensweise. „Fünf!“, kommentiert er seinen nächsten Hieb und verstärkt die Intensität. „Au, verdammt, ich kann nicht mehr. Du quälst mich. Lass mich gehen. Bitte, bitte … Sir!“, weint sie nun doch.

Ihre ganzen guten Vorsätze scheinen sich gerade in Luft aufgelöst zu haben. Sie will sich nur noch diesem beißenden Schmerz entziehen. Kanter streichelt ihr nur wortlos über den Rücken und lässt dann eine schnelle Anzahl von fünf leichteren Schlägen auf ihrem Hintern und den Oberschenkeln folgen. Sie ergibt sich schluchzend und beißt nur noch die Zähne zusammen. Sie hat verstanden. Er wird ihr nicht nachgeben. Niemals.

Dann hört sie, wie er die Gerte auf der Kommode ablegt und sich ihr von hinten nähert. Sie wimmert noch ein wenig, doch ihre verstörende Wahrnehmung verändert sich wieder. Der brennende Schmerz verwandelt sich allmählich in pulsierende Hitze, die sich erneut und nun mit aller Macht in ihrer Spalte sammelt. Ihre Klitoris pulsiert, als hätte Kanter sie sinnlich massiert. Hannah sehnt sich endlich nach seinem harten Schwanz. Sie spürt seine elektrisierende Nähe und am liebsten würde sie sich von ihren Fesseln lösen, um nach ihm zu greifen. Doch das bleibt ihr wohl verwehrt.

Marius kann sich kaum noch zurückhalten. Ihre Kehrseite glüht so herrlich und er lässt andächtig seine

Finger darübergleiten. Sie zittert ein wenig und er weiß, dies kann nur ihre angestaute Lust sein. Nun hält ihn gar nichts mehr. Mit einer Hand massiert er ihre heiße, längst überempfindliche Perle und mit der anderen teilt er ihre geschwollenen Schamlippen. Die glitzern vor tropfender Nässe. Der verführerische Duft, den seine Prinzessin verströmt, raubt ihm den Verstand. Es geht nicht mehr anders. Kanter zieht Hannahs Po ruckartig nach oben, sodass sie auf den Knien landet. Dann drängt er seine pralle Eichel ohne weiteren Verzug in sie hinein.

Sie windet sich unter dem heftigen Stoß, schiebt sich ihm aber bereits mit aller Kraft entgegen. Marius fühlt sich wie im Himmel angekommen. Sie liebt seine harte Art zu ficken. Er jubiliert. Hannah wird sehr bald lernen, sich den Wonnen der sinnlichen Komposition aus dosiertem Schmerz und gigantischer Lust hinzugeben und zu genießen. Sie weiß nur noch nicht so richtig, wie es geht. Doch das kann er ihr beibringen. Knurrend drückt er sich noch ein Stückchen weiter in sie hinein. Er will sie jetzt ganz, ganz tief. (…)